KB214096

루시와 레몽의 집

알자스 작은 마을에서 맛본 조금 더 특별한 프랑스

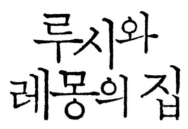

루시와 레몽의 집

La maison de Lucie et Raymond

신이현 지음

이야기가있는집

알자스는 평범하고 조용한 시골이다,
첫 책에서 이렇게 서문을 썼다. 그 뒤 알자스에 갔다
온 많은 사람들이 그게 아니라고 두 팔을 흔들었다.
그들은 알자스가 특별하다고, 아주 특별하다고 말했
다. 평생 자신이 가본 곳 중 가장 기억에 남는 곳이
었다고 말했다. 그 마음을 나는 안다. 그곳을 알기
때문이다. 집들은 동화 속 마을처럼 아름답고 보주
산맥 첩첩산중은 사계절 내내 꽃이 피고 열매가 열
리고 흰 눈이 푹푹 쌓인다. 그곳 전나무 숲에 들어
서는 순간 사람들은 시름을 잊어버리고 만다. 그리
고 그렇게 맛있는 것들, 빵이 정말 맛있었다고 말하
다가는 치즈가 더 맛있었다고 번복하고, 소시지가
더 맛있지 않았느냐고, 아니 백포도주야말로 천상
의 맛이었다고…… 이렇게 되면 이야기는 끝이 없어

져버리고 만다.

그러나 나는 지금도 그곳을 평범하고 조용한 시골이
라고 말하고 싶다. 알자스는 바다로부터 아주 멀리
떨어진 프랑스와 독일 국경의 산골 마을이다. 파리
나 지중해 쪽 도시들이 갖는 화려함과는 거리가 멀
다. 프랑스의 왕과 귀족들은 남쪽에 많은 성을 짓고 파
티를 벌였지만 이곳에는 별로 오지 않았다. 원래부
터 척박한 곳이었다. 성보다는 국경선을 지키기 위한
요새가 많이 지어졌다. 대부분 농부들이었고 산 속
에서 소를 키우고 우유를 짜고 치즈를 만들며 생계를
이었다. 소를 키우지 않은 농부들은 포도밭을 경작
했다. 겨울이 오면 눈 속에 파묻혀도 굶어죽지 않을
방도로 양배추 절임을 만들어 보관했다. 그곳의 산
과 들은 농부의 땅이었고 그들의 음식도 농부의 음

식이었다. 어쩌면 사람들이 알자스를 사랑하는 것은
그 시골스러움인지도 모르겠다.

이 이야기는 보주 산맥 속에서 태어나 평생 이곳을
떠나지 않은 노부부, 나의 시부모인 루시와 레몽의
이야기다. 그들은 그리 낭만적이지도 멋스럽지도 않
았다. 말하자면 꽤나 촌스러운 사람들이었다. 투박하
고 내성적이었다. 우리는 처음부터 마음이 통하지는
않았다. 보주 산맥 골골이 피고 지는 꽃과 열매를 알
고, 사람들의 속마음을 아는 데 적어도 사계절은 함
께 해야 하는 세월이 필요했다.

알자스로부터 지구 반대편 끝에서 태어나 이곳에
오게 된 나는 그들과 너무 달랐다. 쉽게 마음을 열
지 못했다. 처음에 나는 완전 이방인이었다. 겨울
밤하늘에 뜬 무지하게 큰 별조차도 낯설게 보였다.

텃밭의 호박과 가지, 양배추만이 익숙한 것이었고
나의 위안거리였다. 시부모와 나는 그 텃밭을 사이
에 두고 천천히 친구가 되어갔다. 그렇게 시간이 흘
러 겨울 전나무 아래 눈 벼락을 맞으면서, 때로는
여름밤의 천둥 번개에 잠을 깨면서, 때로는 물든 포
도밭 길을 달려가는 강아지를 뒤따라가며, 때로는
레몽의 다락방에서 잡동사니들을 구경하며⋯⋯ 그
렇게 그들을 사랑하기 시작했다. 그리고 지금도 그
이야기는 진행 중이다.

Hiver

겨울

세상에서 겨울이 가장 아름다운 곳, 알자스
노엘 시장에서 마시는 뜨거운 포도주
노엘 밤의 가족 식사
명절 오후의 가족 산책

세상에서 겨울이 가장 아름다운 곳, 알자스

보주 산맥 너머에 있는 국경 마을

부드러운 겨울 음식과 백포도주 그리고 멋진 소화 방법

:
:

보주 산맥 너머에 있는
국경마을

드디어 보주 산맥이다. 산속으로 들어서자 차창을 열기도 전에 서늘한 공기가 느껴져 숨통이 트인다. 이제야 도착했군, 차창을 열어 긴 호흡으로 공기를 들이마신다. 눈을 푹 뒤집어쓴 키 큰 전나무와 구불구불한 산길은 '이제 당신은 알자스로 들어서고 있습니다'하는 표지판과 같다. 겨울에 보주 산을 넘을 때는 아무리 추워도 차창을 열어야 한다. 눈 덮인 겨울 전나무 향기를 품은 이 공기는 어디서도 맛볼 수 없는 차갑고 신선한 맛이다. 나는 발을 뻗고 기지개를 켜며 푸르다 못해 검은 전나무들이 자그만 자동차를 스쳐 끝없이 뒤로뒤로 달려가는 것을 본다.

　가락국수를 먹으며 쉴 수 있는 마땅한 휴게소도 없는 국도를 여섯 시간이나 달려야 한다는 것은 언제나 알자스행을 망설이게 한

저 너머로 독일 땅이 보이는
국경마을의 모습

다. 그러나 보주 산맥 그 첫 자락에 도착하기만 하면 신기하게도 피곤함이 사라지고 알 수 없는 기대감으로 설레기 시작한다.

이 산을 넘으면 파리에서와는 다른 세상이 기다리고 있을 것만 같다. 더구나 겨울에는 무슨 일이 있어도 알자스에 와야 한다. 이 세상에서 겨울이 가장 아름다운 곳이기 때문이다. 추울수록 더욱 싱싱해 보이는 거대한 전나무와 그것을 푹 뒤집어씌울 정도의 많은 눈, 겨울에 먹어야만 제맛인 부드럽고 따뜻한 음식들은 이곳을 겨울에만 존재하는 땅처럼 여겨지게 한다. 어쩌면 알자스 첫 조상은 첫눈 내리기 시작할 때 생명을 얻어 보주 산 깊은 자락에서 한 생을 살다 그 눈이 다 녹을 때 땅속으로 사라져 버린 사람들이었는지도 모른다는 동화적인 생각도 든다.

꼬부랑 산길을 내려오는데 차 한 대가 딱정벌레처럼 벌렁 뒤집어져 있다. 파리에서 온 차다. 이곳의 산길은 아주 좁고 꼬불거리기 때문에 초보 운전처럼 조심하지 않으면 오솔길에서 튕겨 나가 전나무 숲에 박히기 일쑤다. 산을 내려오니 마을이 나오기 시작한다. 벽 속에 나무 칸막이 골격을 넣은 알자스 전통 건축 양식에 파스텔풍의 여러 가지 색깔로 칠한 알자스에서만 볼 수 있는 집들이다. 조금 전 로렌 지방의 끝없는 밀 벌판 속에 드문드문 보이던 집들과는 완전히 다른 풍경이다.

이 길을 통과할 때마다 나는 동화책 책장을 넘기다 어느새 동화 속 마을로 들어와 버린 것 같은 기분을 느낀다. 그런데 그 길이 너무 길다. 산을 내려오고도 자동차는 숲 속으로 난 길을 끝도 없이 달려간다.

　나는 늘 집이 가까워질수록 더욱 멀게 느껴져 안달이 나고 결국
엔 인내심의 한계를 느끼고 만다. 이곳은 정말 멀고도 먼 곳이구나,
지구 끝이냐, 지구 밖이냐, 은하계로 가고 있는 중이냐, 정말이지 다
시는 오지 않겠다, 투덜거리는 사이 영영 도착하지 않을 것 같던 시
부모의 집, 루시와 레몽의 집 앞마당으로 쓰윽 흘러 들어간다.

　차에서 내리니 짚 옆으로 흐르는 겨울 계곡 물소리가 시원하게
들려온다. 몇 마리의 야생 노루와 멧돼지, 여우가 사는 집 옆 야트
막한 밤나무 숲이 텅 비어 있다. 계곡 옆 텃밭도 흰 눈에 덮인 채
텅 비어 있다. 이 텃밭은 시부모의 집에서 부엌 다음으로 내가 좋아
하는 장소다. 봄부터 초겨울까지 끊임없이 무엇인가를 생산해 내는
부지런한 땅이다. 종류가 다양한 상추들부터 시작해서 양배추, 양
파, 파, 완두콩, 토마토, 딸기, 감자, 당근, 호박, 오이와 같은 것들, 한
국의 텃밭에 심겨지는 채소들과 다를 것이 없다. 재미있는 것은 똑
같은 농작물이지만 어떤 국적의 사람이 요리하느냐에 따라 전혀 다
른 음식이 된다는 것이다. 똑같은 호박과 감자지만 시어머니가 하느
냐 내가 하느냐에 따라 완전히 다른 요리가 된다. 생김새만큼이나
다른 음식이 나온다. 우리는 늘 생각도 못한 상대방의 요리 방법에
눈이 휘둥그레지곤 한다.

　도미와 나는 기지개를 켜며 자동차 안에 갇혀 구겨졌던 몸을 편
다. 그리고 트렁크에서 옷 가방과 빈 과일 잼 병들이 달그락거리는
주머니들을 꺼내 반지하 주차장 선반에 얹는다.

흰 눈이 덮여있는
루시와 레몽의 정원

  1층 부엌에서 라디오 소리와 함께 시큼한 듯하면서도 향긋하고
구수한 냄새가 흘러나온다. 슈크루트 냄새다. 우리는 서로를 보며
오늘 점심은 슈크루트구나, 미소 짓는다. 이곳에서 겨울을 난다면
적어도 서너 번은 먹게 되는 음식이 슈크루트다. 소금에 절여서 푹
삭힌 양배추를 '슈크루트Choucroute'라고 하는데 훈제한 돼지 넓적
다린 삼겹살과 같은 다양한 부위의 돼지고기 삶은 것과 여러 종류
의 부드러운 햄을 곁들여 겨자 소스와 함께 먹는 겨울 음식이다.

  옛날 알자스 풍습을 그린 그림들을 보면 한 가족이 겨울을 앞두
고 슈크루트를 만드는 장면들이 곧잘 등장한다. 할아버지는 빨래판
처럼 커다란 강판에다 대고 양배추를 얇고 길쭉길쭉하게 밀고 손자
는 그것을 한 아름 가슴에 안고 할머니에게로 간다. 할머니는 커다

란 나무통에 소금과 함께 양배추를 절여 넣고 있다. 우리의 김장 풍경과 신기할 정도로 꼭 닮아 있다.

김치와 마찬가지로 슈크루트를 담글 때 가장 중요한 것은 소금의 양이다. 너무 짜거나 싱겁지 않도록 적당하게 소금 간을 해야만 그해 겨울이 행복하다.

냉장고가 없던 시절, 추운 겨울은 동서를 막론하고 어떻게 먹을거리를 저장하느냐가 큰 문제였다. 우리의 경우 주로 채소나 생선을 말려 보관했다면 이곳에서는 생돼지고기를 소금에 비벼 바람에 말렸다. 기근이 반복되던 옛날, 프랑스는 각 지방마다 돼지고기 저장 방법이 조금씩 달랐지만 소금에 비벼 말린 돼지 넓적다리 하나면 온 식구가 한겨울을 나는 데 걱정 없다는 마음만은 한결같았다. 알프스나 피레네 산맥 쪽에는 훈제 넓적다리뿐 아니라 고춧가루나 마늘, 온갖 종류의 풀을 넣은 다양한 맛의 소시지가 있는 데 비해 알자스는 간단한 편이다. 주로 포도 덩굴을 태워 그 연기로 돼지고기를 말려 보관해 왔고 아직도 그 방식이다.

20여 년 전까지만 해도 루시는 시부모와 함께 직접 슈크루트를 만들었다. 속이 꽉 찬 겨울 양배추를 얇게 채 썰어 소금에 버무려 커다란 나무통에 채워 넣은 뒤 잊지 말아야 할 것은 무거운 돌덩이로 뚜껑을 꽉 눌러야 하는 것이다. 양배추가 발효되면서 뚜껑을 밀고 나와 국물이 흘러넘칠 위험이 있기 때문이다. 그 뚜껑이 열리는 순간 온 집 안에 퍼지는 구린내는 사람을 기절시킬 정도라고 한다. 요리를 시작하기 전에 적어도 대여섯 번은 헹궈 내야 구린내를 없앨 수 있다. 요즘에는 소시지와 훈제 고기를 파는 정육점에서 슈크루트를 만들어 깨끗이 씻어서 판다. 그러니 어느 겨울날 아침, 온 집 안에 퍼지는 슈크루트 씻는 구린내를 맡으며 곧 먹게 될 향긋한 음식 생각에 군침을 삼키는 일은 이제 옛일이 되었다.

"파리는 별일 없고?"

레몽이 우리 볼에 입을 맞추며 묻는다. 그는 흰머리가 좀 더 늘어 이제 온통 백발이 되어 가고 있고 루시는 손목에 압박붕대를 감고 있다. 그새 두 사람은 조금씩 더 늙고 야위어진 듯하다.

"완전히 낡아 빠진 기계라니까. 써먹을 만큼 써먹은 것 같아."

그는 귀까지 잘 안 들린다고 우울한 목소리로 덧붙인다.

"애들 보자마자 또 건강 타령이우? 그만 저기 가서 아페리티프나 만들어요."

루시가 핀잔을 주자 레몽은 으쓱하면서 베란다로 가 버린다.

"부탁하신 것들 가지고 왔어요."

나는 루시가 부탁한 '파리 물건'들을 꺼낸다. 한국 진간장과 스낵 과자, 중국 통만두와 굴 소스, 장미꽃잎 술, 태국 고추 소스 같은 것들이다. 그녀는 이런 것들을 아주 조금씩 은밀하게 자신의 프랑스 요리에 곁들여 알 듯 모를 듯하게 새로운 맛을 내곤 한다. 나를 알고 난 뒤 그녀는 간장이나 고춧가루, 마늘, 생강을 많이 사용하게 되었다고 한다. 구체적으로 어떤 요리에 이런 동양 소스를 쓰는지 물어보면 절대 비밀이라는 듯 눈을 찡긋하고 웃는다. 밝히기 부끄러워하는 것 같은 표정이다.

:

부드러운 겨울 음식과 백포도주
그리고 멋진 소화 방법

가스 불 위에는 커다란 압력솥이 쉭쉭 소리를 내면서 돌아가고 그 옆에 놓인 솥에서도 얇게 김이 오른다. 루시가 좋아하는 가마솥처럼 두껍고 무거운 무쇠 솥이다. 얼마나 무거운지 뚜껑만 들어도 나는 어깨가 휘청할 정도다. 그녀의 손목에 압박붕대가 떨어질 날 없는 것도 다 이런 이유들 때문일 것이다. 이 쇳덩이를 가벼운 냄비로 바꾸면 요리하는 데 힘이 덜 들 것이라고 매번 간청해도 못 들은 척한다. 오히려 파리에 올 때 그녀는 무지막지하게 무거운 전골 냄비를 나에게 줄 선물로 들고 왔다. 슈크루트처럼 두세 시간 뭉근하게 익혀야 하는 요리를 할 때는 무쇠 솥이 아니고는 절대 제 맛을 낼 수 없다는 것이 그녀의 생각이다.

우리는 레몽이 준비한 아페리티프에 짠 비스킷을 곁들여 마시며 다른 식구들의 안부를 묻고 날씨 이야기를 한다. 두 사람은 우리가 가지고 온 중국산 장미꽃잎 술을 마시고 도미와 나는 언제나처럼 럼주에 초록 레몬을 짓이겨 넣은 티퐁슈를 마신다. 새콤한 레몬 맛이 나는 독한 술이 몸 끝으로 퍼져 나가니 온몸이 나른하면서 느긋해진다. 대여섯 시간 자동차 안에 구겨져서 고픈 줄도 몰랐던 위장이 슬슬 움직이기 시작하며 배고프다는 신호를 보내온다. 잠시 후 먹을 슈크루트를 생각하니 벌써부터 군침이 돈다. 겨울에 이곳에 올 때면 루시는 항상 우리와 함께 먹기 위해 슈크루트를 준비한다.

"슈크루트를 무슨 맛으로 우리 늙은이 둘이서 먹냐."

이것이 슈크루트에 대한 루시의 신조이다. 옛날부터 알자스 사람들은 슈크루트를 온 가족이 모이는 일요일에만 먹는 습관이 있었다.

실뭉치처럼 보이는 슈크루트

여러 종류의 고기가 들어가는 양이 푸짐한 음식이기 때문이었을 것이다. 그래서인지 레스토랑에서 혼자 슈크루트를 먹는 사람을 보면 왠지 슬프고 고독하게 느껴진다.

"모두들 먹자!"

루시가 식탁 위로 커다란 슈크루트 접시를 들고 오며 즐겁게 소리친다. 절인 양배추가 얼마나 잘 익었는지 맑은 기름으로 투명하게 반짝반짝거리며 크림색 실 뭉치처럼 부드럽게 얽혀져 있다. 깨끗한 돼지비계 기름으로 볶은 뒤 체리꽃 향기가 나는 알자스 리슬링 백포도주를 넣어 두세 시간 푹 조린 것이다. 그 위에 김이 무럭무럭 나는 돼지 훈제 넓적다리와 훈제 삼겹살 삶은 것, 굵직하고 짤막한 소시지, 가늘고 긴 소시지, 흰 소시지들이 산더미처럼 얹어져 있다. 보기만 해도 배가 부르다는 말이 꼭 맞는 음식이다. 바깥에는 찬바람이 불고 우리는 뜨거운 슈크루트 접시를 보며 흐뭇한 미소를 짓는다.

나는 맨 먼저 접시에 슈크루트부터 덜어 온 뒤 소시지 한 개와 넓적다리 한 부분을 잘라 온다.

나무 연기 냄새가 향긋하게 나는 훈제 고기를 먹은 뒤 포크에 양배추를 돌돌 뭉쳐 입 안에 넣는다. 양배추에서 새콤하면서 구수한 즙이 흘러나온다. 차갑게 식힌 리슬링 백포도주를 한 모금 마시니 입속에서 서로 향긋하게 섞인다. 훈제 고기와 소시지를 가장 맛있게 먹는 방법은 이렇게 리슬링 백포도주를 넣고 오랫동안 푹 익힌 양배추와 함께 먹는 것이다.

돼지고기 음식인데도 질기거나 기름진 맛이 조금도 느껴지지 않는다. 얼마나 부드러운지 씹는 소리조차 들리지 않는다. 접시에 고기가 좀 남아 슈크루트를 조금 더 덜어 온다. 그랬더니 이제는 슈크루트가 남아서 고기를 좀 더 덜어 와 먹는다. 그런데 이제는 또 고기가 남아 그것을 마저 먹기 위해 슈크루트를 덜어 온다. 그랬더니 당연히 슈크루트가 남아 또다시 고기와 소시지를 덜어 온다. 이렇게 해서 야금야금 그렇게 높이 쌓였던 슈크루트 접시가 텅 비어 버렸다.

"아니, 그렇게 많은 걸 벌써 다 먹어 버렸어?"

레몽이 아쉬운 듯 말한다.

"더 드시려우? 솥에 좀 더 있는데."

"아니, 너무 많이 먹었어. 다음 주에 한 번 더 먹지 뭐."

언제나 너무 많이 먹어서 후회하는 습관이 있는 레몽은 다음 주에 한 번 더 슈크루트를 먹을 수 있게 된 것이 행복한 듯 미소 짓는다. 다시 데워 먹을 때 더 맛있어지는 것이 슈크루트라는 것을 아는 이야말로 진짜 알자스 사람이다. 그래서 슈크루트를 하는 날이면 꼭 다음번에 한 번 더 먹을 정도의 양을 덧붙여야 한다.

"어, 저 언덕 위에 눈이 내리는구먼."

레몽이 집 맞은 편 먼 언덕 위 잿빛 하늘을 가리켜 보인다.

"정말이에요?"

"정말이고말고."

우리는 갑자기 저 언덕 위에 내리는 눈 속으로 뛰어들고 싶어 안

언덕에서 내려다본 포도밭 마을

달이 난다. 그러나 디저트를 빼먹을 수는 없는 법. 루시는 여름에 따서 지금까지 냉동실에 보관해 두었던 산딸기로 파이를 만들어 놓았다. 우리는 산딸기 파이와 함께 마지막 남은 차가운 포도주를 마신 뒤 후다닥 일어선다.

"스노체인을 잊지는 않았겠지?"

레몽이 우리를 따라나오며 중얼거린다. 체인 감는 수고를 하면서까지 차가 뒤집어질지도 모르는 저 언덕으로 올라가려는 우리를 참 이해할 수 없다는 표정이다. 그러나 이렇게 부드러운 겨울 음식을 먹고 난 뒤에 눈속으로 뛰어드는 것보다 더 멋진 소화 방법은 없을 것이다. 맛있는 음식을 먹고 소화를 잘못 시키면 다시는 그 음식이 먹고 싶어지지 않을 수도 있다. 그래서 슈크루트가 일요일이나 공휴일 음식인가 보다. 리슬링 백포도주와 함께 돼지고기를 곁들인 슈크루트를 잔뜩 먹고 회사나 공장으로 가야 한다고 생각해 보라. 슈크루트 맛이 왠지 쓰게 느껴질 것이다.

언덕에 도착하니 과연 눈이 쏟아지고 있다. 우리처럼 눈을 보고 지금 막 달려온 사람들이 자동차에서 스키를 끄집어낸다. 한 늙은 부부는 눈 미끄럼 방지 깔창을 신발에 붙이고 전나무 숲 속을 향해 걸어간다. 회색 공기 속으로 금세 두 사람이 사라져 버리더니 갑자기 눈보라가 심해지기 시작한다. 옆에 보이던 사람들이 어디로 가 버렸는지 아무도 보이지 않는다. 눈 속에 우리 둘만 고립된 것만 같다. 눈과 코 속으로 눈송이가 마구 휘몰아쳐 정신을 차릴 수가 없다. 아, 정말 알자스에 오긴 왔군.

노엘 시장에서 마시는
뜨거운 포도주

행복한 시간을 원하는 사람은 과자를 굽는다

중세 마을 뒷골목의 얼음장 추위

:

행복한 시간을 원하는 사람은
과자를 굽는다

덧문 틈새로 들어오는 깨끗한 오전 햇살을 피해 이불 속으로 기어
드는데 맛있는 냄새가 솔솔 코를 간질인다. 과자 굽는 냄새다. 루시
가 아침부터 과자를 굽고 있구나. 부엌에서 흘러나오는 냄새 중에
가장 좋은 것은 누가 뭐래도 과자 굽는 냄새다. 과자는 배를 채우기
위한 것이 아니라 과외의 기쁜 시간을 위한 입맛 다시기용이다. 행
복한 시간을 원하는 사람만이 과자를 굽는다. 그 냄새만으로도 루
시의 행복에 전염된 나는 늦잠 자기를 포기하고 부엌으로 달려간다.

　부엌은 오븐 열기로 후끈후끈하다. 소쿠리에는 벌써 구워 낸 납
작하고 딱딱한 과자들이 수북하게 쌓여 있고 여기저기에 놓인 양
푼 속의 밀가루 반죽들은 푹푹 화산 터지는 소리를 내면서 부풀어
오르고 있다. 또 다른 한쪽에서는 작은 독일 기계가 계란 흰자를

노엘을 앞두고 구운
다양한 과자들

눈처럼 부풀리느라 시끄럽게 돌아가고 있다. 과자 굽는 일을 돕기 위해 큰손녀딸까지 왔다. 손녀와 할머니는 '오게'라는 과일 빵을 만들고 있는 중이었다. 피자처럼 둥글넓적하게 편 반죽 위에 전날 밤 버찌 술에 담가 두었던 복숭아와 배, 무화과, 열대 야자 같은 온갖 종류의 말린 과일들을 호두와 섞어 뿌려 롤케이크처럼 둥글게 잘 말아서 오븐에 굽는 빵이다. 이 빵을 만들 때 가장 중요한 것은 과일들이 밀가루 반죽 밖으로 튀어나오지 않도록 하는 것이다. 노엘 전날 자정 미사를 마치고 집으로 돌아왔을 때 온 식구가 뜨거운 포도주와 함께 먹기 위한 빵이기 때문에 모양이 잘 나와야 한다.

노엘 전날 자정 미사 후
뜨거운 포도주와 함께 먹는 빵 오게

"아, 됐군. 이번엔 제대로 된 것 같아."

"이대로 터지지 않고 잘 구워져야 하는데, 할머니."

"그야 오븐 마음이지 우리가 어쩌겠니. 기도나 할 수밖에."

루시가 오븐 안으로 오게를 집어넣으며 눈을 찡긋한다.

"자, 이번엔 구겔호프를 보자꾸나. 아니, 그런데 금방 여기 있던 빵틀이 어디로 사라진 거야? 금방 창고에서 가져다 놓은 빵종이도 없잖아. 어머나, 오븐 받침대도 사라졌네. 레몽! 레몽! 레몽!"

루시가 흥분해서 남편을 부르자 레몽이 헐레벌떡 2층 다락에서 뛰어 내려온다. 그는 어떤 물건이라도 10분 이상 제자리를 이탈해 있는 것을 보아 넘기지 못한다. 쓸 일이 있어 창고에서 뭔가를 갖다 놓은 뒤 화장실이라도 갔다 오면 어느새 사라지고 없다. 창고에 가 보면 아까 있던 그 자리에 얌전히 놓여 있다.

루시가 과자를 구울 때면 부엌은 온통 난장판이 된다. 이때 그녀를 따라다니며 팽개쳐 놓은 도구들은 닦아서 창고며 다락이며 왔다 갔다 원래 자리에 갖다 놓는 것이 레몽의 중요한 일과다.

"이 양반 정말, 하는 일도 없이 사람 정신없게 만드네."

"하는 일도 없다니. 어제 망치로 호두 2킬로 껍데기 깬 사람이 누군데."

"아, 시끄러우니 저쪽으로 가욧!"

루시가 꽥 소리치자 레몽은 저 여자가 참 저렇다니까, 하는 표정으로 부엌을 나가 버린다. 루시는 못 말리겠다는 듯 고개를 회회 저으며 구겔호프 빵틀에다 버터를 바른다. 이 구겔호프는 알자스 사람이 가장 자부심을 가지는 빵이다. 파리 빵가게에서도 쉽게 찾을 수 있을 정도이다. 알자스를 여행하는 사람들은 왠지 달콤한 향이 나는 백포도주와 함께 구겔호프를 먹고 싶은 충동에 사로잡힌다. 여행 끝에는 구겔호프 빵틀까지 한두 개씩 사게 된다. 그래야만이 알자스에 갔다 왔다는 느낌이 드나 보다.

세 명의 동방 박사가 알자스의 한 마을에 와서 아주 잘 쉬었다 가면서 감사의 뜻을 전하기 위해 흙으로 빵틀을 만든 후 그 안에 반죽을 넣고 빵을 구워 주인에게 선물한 것이 계기가 되어 지금까지 내려온다는 전설이 있다. 이 빵틀에는 볼록볼록한 모양의 홈이 나 있는데 이것은 각자에게 돌아갈 빵을 똑같은 크기로 자르기 쉽도록 하기 위해서라고 하니 좀 우스운 이유라는 생각이 든다. 루시는 어린애 주먹만 한 자그마한 빵틀에서부터 국 냄비처럼 커다란 것까지 대여섯 개가 있다. 흙으로 구워 청색이나 노란색을 칠하고 꽃무늬를 넣은 이 빵틀은 어떻게 보면 활짝 핀 튤립처럼 보인다.

"술 냄새가 솔솔 나는데요."

나는 반죽에 코를 대고 킁킁거려 본다.

"버찌 술이 들어갔단다."

루시는 축축 늘어지는 부드러운 반죽을 빵틀에 넣기 시작한다. 예전에는 직접 반죽했지만 지금은 작은 독일 기계가 그 힘든 일을 대신해 준다. 약간의 설탕과 소금, 생이스트가 들어가는 단순한 반죽이라 나도 몇 번 이 빵 만들기를 시도했지만 매번 실패했다. 과자 만들기도 마찬가지다. 루시가 적어 준 그대로 반죽해서 똑같은 온도

활짝 핀 튤립처럼 보이는
구겔호프 빵틀

에 똑같은 시간으로 구웠는데도 그녀가 구운 그 과자가 되지 않았
다. 그녀가 하는 것을 바로 그 앞에서 따라해도 똑같은 모양이나 맛
이 나오지 않는다. 요리란 머리가 아니라 손이 기억하기 때문인지도
모른다. 수없이 칼질하고 양념을 섞고 반죽을 해 본 손이 이윽고 그
방법을 터득하게 되는 것이다. 그러니 내 손이 루시 손이 아닌 한,
똑같은 요리법을 들고서도 같은 음식을 만들어 낼 수 없는 것이다.

"난 돌아가신 매매한테 배웠지."

그녀는 나에게 돌아가신 자신의 시어머니를 칭할 땐 언제나 '매

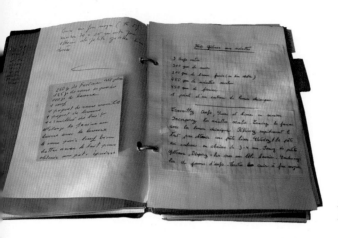

온갖 비법이 가득한
루시의 요리책

매'라고 한다. 어린애들이 할머니를 친근하게 부를 때 쓰는 말이다.
매매는 손바닥만 한 공책을 가지고 다니며 시간 날 때마다 기도문
을 적어 두는 버릇이 있었다. 그 사이사이 요리법도 적어 두었다. 낡
을 대로 낡은 자그마한, 어쩌면 매매 평생 가장 소중했을 공책이다.
루시는 그 공책을 그대로 간직하여 시어머니에게 배운 요리를 할
때는 항상 펼쳐 놓고 본다. 물론 루시 또한 그녀만의 요리책이 있다.
매매 것보다 훨씬 크고 두껍다. 잡지책에서 오려 붙인 것뿐만 아니
라 동네 친구들이 준 다양한 필체의 요리 쪽지들도 빼곡하게 붙어
있다. 노엘을 앞둔 이때쯤이면 온 동네 오븐이 경쟁하듯 바쁘게 돌
아간다. 동네 아낙들은 구겔호프는 물론 오게와 구운 과자들을 서
로 주고받으며 맛을 본다. 그리고 맛이 특별하다 싶으면 당장 전화

를 걸어 그 비법을 물어 공책에 적어 둔다.

"결혼한 뒤 지금까지 매해 노엘 때마다 구겔호프를 구웠으니 대체 지금까지 몇 개의 구겔호프를 구운 거지? 거기다 손님이 왔을 때 구운 것까지 합치면 자그마치 천 개는 넘겠군. 앞으로 한 백 개쯤 더 굽고 나면 세상 하직할 날이 될지도 모르겠구나. 구겔호프 천백 개를 구운 여인 여기 잠들다……."

그녀는 눈을 찡긋하며 킥킥거린다.

"이 반죽들도 전부 오늘 구울 건가요?"

"노엘에 디저트로 먹을 케이크 반죽이란다."

"그렇게 한꺼번에 빵을 굽고는 늘 손목 아프다 그러지, 흠."

어느새 나타난 레몽이 우리가 먹을 아침을 준비하면서 핀잔을 준다. 오늘 아침은 어제 오후에 구워 둔 구겔호프다. 밀크 커피와 함께 구겔호프 빵이 곁들여진 식탁은 알자스 최상의 아침 식사다. 루시는 아주 귀한 손님이 오거나 언제라도 눈에 넣고 싶은 아들 도미가 올 때 쯤이면 구겔호프를 구워 놓곤 한다. 생이스트에 부드럽게 부풀어진데다 버찌 술 향기가 살짝 나는 것이 가벼운 새의 깃털로 입 안을 간질이는 듯한 느낌이다.

"오늘 하루 계획은 어떻게 되니?"

레몽이 우리 맞은편에 턱을 괴고 앉으며 묻는다. 그는 창고 선반에 물건을 제자리에 챙겨 놓듯이 우리의 하루도 질서정연한 계획으로 짜고 싶어한다. 우리가 오기 한 달 전부터 잡지와 신문에서 영화관과 연극 극장, 서커스, 연주회, 박물관과 수영장 시간표 등등을 오려서 스크랩해 두고 기다린다.

"노엘 시장에 갈 건데요."

"그럴 줄 알았다."

레몽은 스크랩해 둔 노엘 시장 정보 부분을 우리 앞으로 펼쳐 보인다. 사실 그런 정보는 별로 필요하지도 않다. 우리는 내키는 대로 아무 시장이나 가서 신나게 놀다 올 뿐이다. 도미는 관심 있게 정보를 읽는 척해 그의 작업이 헛된 것이 아니었음을 증명해 준다. 겨울 알자스로 향할 때 가장 큰 설렘은 노엘 시장에 대한 기대다. 그 시장에 대한 가장 큰 기대는 거리에 서서 뜨거운 포도주를 마시는 것이다. 우리는 후다닥 남은 밀크 커피를 마시고 방으로 뛰어가 코트를 입는다.

"여기 와서 이것 좀 보렴."

레몽이 창고 쪽에서 우리를 부른다. 가 보니 창고 앞 탁자 위에 온갖 종류의 겨울 용품들이 진열되어 있다. 여러 종류의 털모자와 털장갑, 털목도리, 털부츠, 털조끼, 스키 바지까지, 우리가 일어나기도 전에 준비해 놓은 물건들 같았다. 레몽은 벼룩시장의 성실한 노인네처럼 깨끗하지만 하나같이 구닥다리인 그 물건들 중에서 우리가 하나라도 선택해 주었으면 하는 눈치다.

"장담하건대 무지하게 추울 거다."

깨끗하게 정돈된 레몽의 창고

중세 마을 뒷골목의
얼음장 추위

우리는 아무렇게나 털부츠와 털목도리, 털장갑을 선택해 차 뒷자리로 던진다. 그리고 집에서 가장 가까운 중세 마을 카이제스베르그 Kaysersberg로 향한다. 알자스를 겨울 여행으로 유명하게 만드는 것은 하늘에서 내리박힌 듯한 보주 산맥의 무지하게 키가 큰 전나무 덕택이다. 이때쯤 파리의 슈퍼마켓은 온통 전나무에서 흘러나온 신선한 진액 냄새로 진동한다. 적어도 수천만 개의 전나무가 이때 잘려져 열흘쯤 지나면 쓰레기통으로 갈 것이다. 10여 년 기른 나무를 열흘 동안 반짝이로 장식하기 위해 싹둑 자른다는 것이 마음에 들지 않지만 이들에게 트리가 없는 노엘은 생각도 할 수 없다. 그것은 너무나 서글픈 인생을 의미한다. 파리 같은 대도시에서는 혼자 사는 노인들일수록 더 열심히 곱게 트리를 장식한다. 그러나 세상에서 가장 아름다운 트리는 흰 눈을 흠뻑 뒤집어쓴 보주 산맥의 자연 그 대로의 거대한 전나무이다.

"과자 사세요! 알자스 과자! 금방 구워 낸 뜨끈뜨끈한 알자스 생 강 과자!"

조그만 중세 마을 입구로 들어서기 바쁘게 과자 냄새와 계피를 넣어 끓이는 포도주 냄새가 진동을 한다. 집에 그렇게 많은 과자가 있는데도 거리에서 파는 금방 구워 낸 과자를 보자 그냥 지나칠 수 가 없다. 별 모양에서부터 초승달, 닭, 나무, 토끼, 사과, 산타 할아버 지, 긴 양말, 십자가 등의 별의별 모양들은 물론 버터와 설탕을 넣은 딱딱한 비스킷에서부터 꿀과 생강과 계피를 넣어 만든 몰랑몰랑한 비스킷에 이르기까지 맛도 가지각색이다. 나는 이런 종류의 군것질 거리를 너무나 좋아하기에 커다란 봉지에다 스무 종류가 넘는 비스 킷들을 두 개씩 챙겨 넣는다. 그리고 좁은 뒷골목길 쪽으로 발길을 돌린다.

포도밭 언덕으로 둘러싸인 이 마을의 가장 높은 곳엔 반쯤 허물어진 성곽이 있다. 우리는 포도밭으로 난 좁은 길을 따라 성곽 꼭대기까지 가서 비스킷을 먹으며 마을을 내려다본다. 조그마한 창문이 달린 방 한 개를 얻어 한 달쯤 살고 싶은 충동을 느끼게 하는 예쁘장한 마을이다. 눈앞에 보이는 몇몇 집의 지붕들은 하늘에다 손 가는 대로 쓱쓱 그린 것처럼 둥그스름하거나 삐뚜름하다. 벽 속에 들어간 나무나 기둥들도 곧게 대패질된 것이 아니라 원래 휘어진 그대로 박혀 있다. 그러고도 무너지지 않고 몇백 년 동안 사람이 살고 있다니 신기하다.

나무를 넣어 벽을 만드는
알자스 전통 양식의 집들

노엘 시장이 열리는 마을 풍경

"원래 알자스 집 지붕들은 다 저래."

중세 때는 설계도나 제도기도 없이 집을 지었냐는 나의 질문을 참 허망하게 만들어 버리는 도미의 대답이다. 비스킷 한 봉지를 다 비운 뒤 다시 포도밭 길을 내려와 골목길로 들어간다.

중세를 암흑의 시대라고 했던가? 이 비좁은 뒷골목을 걷노라면 천여 년 전의 그런 분위기가 바로 느껴진다. 바닥에 깔린 돌멩이는 반들반들하게 닳아 있고 울퉁불퉁하게 지어진 집들은 곧 쓰러질 듯 서로서로 기대어 있다. 하늘은 아주 멀고 인간이 사는 이 땅은 아주 낮고 낮은 데 있는 듯한 느낌이다. 햇빛이 잘 들지 않아 돌 바닥에서 올라온 한기가 뼛속까지 슬슬 얼어붙게 만든다. 골목 저 끝쯤에서 정수리가 동그랗게 팬 머리 모양을 한 가난한 소년 수도사가 나타날 것만 같다. 나는 어서 빨리 이 암흑의 골목길을 벗어나고 싶어서 발걸음을 재촉한다. 오직 신을 위해서만 인간이 존재했던 시절에 태어나지 않아서 정말 다행이다!

골목을 나오니 노엘 시장이 한창이다. 화려하고 재미있고 시끄럽고 활기차다. 없는 것 빼고 다 있다. 콩처럼 자잘한 크리스털 들짐승 인형과 요술쟁이 할머니와 천사들, 말구유들, 그릇과 포도주, 거위 간과 소시지, 움직이는 그림이 든 액자, 알자스 집 모형들, 아프리카 칼들과 조각품, 인도나 태국에서 온 천들, 기능을 알 수 없는 부엌 도구들……. 전국 방방곡곡에서 활동하는 발명가와 예술가들이 자신의 작품들을 죄다 들고 온 듯하다. 모여든 사람의 반은 우리처럼 구경 나온 사람들이고 반은 아직 선물을 마련하지 못해 어떻게 하면 깜짝 놀랄 이색적인 선물을 찾을까 부산하게들 몰려다닌다.

"너무 추운 것 같지 않아?"

도미가 갑자기 온몸을 부르르 떤다. 그의 코가 빨갛게 얼어붙어 있다. 그 말을 듣는 순간 나도 죽어 버릴 것 같은 추위를 느낀다. 손발이 떨어져 나갈 것만 같다. 포도밭 길을 걸으면서 발끝부터 서서히 얼기 시작한 몸이 중세 마을 뒷골목을 헤매면서 팔다리를 마비시켜 이제는 머리끝까지 꽁꽁 얼어붙어 버렸다. 이렇게 추워 보기는 아주 어린 시절 이후 처음인 것 같다. 우리는 가장 빠른 속도로 자동차를 향해 달려간다. 그리고 절대 사용할 일이 없으리라 생각하

노엘 분위기가 물씬 나는
한 정육점

며 던져두었던 레몽이 준 긴 털부츠를 신고 털목도리를 두 개씩이
라 목에 둘둘 만 뒤 모자까지 꽁꽁 눌러쓴다.

"이제 뜨거운 포도주를 마실 때가 된 것 같은데?"

"정말이다!"

커다란 가마솥을 걸어 두고 포도주를 끓이고 있는 미리 봐 둔 골
목길을 향해 어깨를 웅크린 채 종종 걸어간다. 포도주를 마시기에
가장 좋은 순간이다. 뜨거운 포도주 두 잔을 주문한 뒤 발을 동동
구르며 김이 솔솔 올라오는 포도주 솥에 손을 쬔다. 오렌지와 계피
가 포도주와 섞여 좋은 냄새가 난다. 뜨거운 포도주의 김을 후후
불어 가면서 한 잔 마시고 나니 곧바로 위장이 뜨끈해지면서 몸이
조금 풀어진다. 뜨거운 포도주를 가장 맛있게 먹는 법은 이렇게 장
터를 돌아다니다 추위로 반쯤 얼어붙었을 때 선 채로 한 잔 마시는

추위와 향으로 마시는
뜨거운 포도주

것이다. 그때가 가장 맛있다. 이상하게도 춥지 않을 때 이것을 마시면 쓰게 느껴진다. 노엘이 지나 버려도 맛이 떨어져 버린다.

　뜨거운 포도주는 원래 중세 때 먹었던 수많은 죽들 중의 하나였다. 그때는 많은 사람들이 포도주를 그냥 마시기보다 물이나 설탕을 넣어 마셨는데 환자에게는 그것을 끓여서 미음처럼 마시게도 했다. 포도주가 환자의 입맛과 원기를 북돋운다고 생각했던 것이다. 실제로 나는 온몸이 사시나무처럼 떨리고 힘이 없을 때 계피를 넣고 끓인 뜨거운 포도주를 마시곤 한다. 그러면 알코올 기운이 감도는 계피 향에 기운이 좀 나곤 한다.

붉은 포도주에 물을 붓고 설탕과 오렌지, 계피를 넣어 끓이는 뜨거운 포도주는 시장 어귀에 자리 잡은 주인의 솜씨에 따라 조금씩 맛이 다르다. 맛있는 집은 분위기가 벌써 다르다. 커다란 가마솥에다 오렌지와 레몬 조각을 쓱쓱 썰어 넣는 모습뿐만 아니라 그냥 지나칠 수 없을 만큼 계피 향이 진하다. 그러나 가장 중요한 것은 추위다. 아무리 맛있게 끓인 포도주도 춥지 않으면 허사다. 시장 모퉁이에 서서 발을 동동 구르며 포도주 김을 후후 불며 마실 때면 뜨끈하기만 해도 맛있게 느껴진다. 이것은 맛으로가 아니라 추위로 마시는 술이다. 간혹 파리의 카페에서도 겨울이면 데운 포도주를 파는데 지금과 같은 맛은 절대 찾을 수 없다.

끓고 있는 포도주 솥 주위로 에스키모인들처럼 두툼하게 입은 사람들이 술을 마시며 시끄럽게 대화를 나눈다. 독일어, 불어, 스위스불어, 스페인어, 알자스어까지 다양하게 들려온다. 그중에서도 독일어와 알자스어가 유난스레 높고 드라마틱하면서도 거칠게 들린다. 나온 지 몇 시간 된 것 같지도 않은데 벌써 날이 어두워지고 있다. 점점 날이 짧아지고 있다. 동지가 코앞에 온 것 같다. 매해 이곳에서 뜨거운 포도주를 마실 때마다 깨닫는 것이지만 이즈음이 1년 중에 가장 춥고 낮이 가장 짧다. 우리네 절기상으로 동지가 가까운 이때 이들의 명절 노엘이 겹쳐지는 것이 왠지 우연만은 아닌 것 같다.

노엘 밤의 가족 식사

자정 미사가 사라지는 이유

파파 노엘, 내 선물 양말 절대 잊지 마세요

:

자정 미사가
사라지는 이유

노엘은 예수님이 탄생한 날이다. 그러나 그 날짜가 진짜인지에 대해
서는 이야기가 분분하다. 예수님의 진짜 생일이 아니라고 믿는 기독
교인들을 많이 봤다. 어찌 되었든 이곳의 가장 큰 명절인 노엘이 절
기상으로 우리의 동지와 겹쳐진다는 것이 늘 신기하다. 동지는 밤
이 가장 긴 날인 동시에 그동안 점점 짧아졌던 해가 비로소 길어지
기 시작하는 그 첫 시점이다. 진정으로 새로운 해가 시작되는 때이
다. 자정 미사를 보러 가는 것도 우리가 섣달그믐 밤에 잠을 자면
눈썹이 센다며 밝아 오는 새날을 뜬눈으로 지켜보는 것과 같은 종
류의 의식이 아닌가 하는 생각이 든다.

그러나 몇 년 전부터 점점 자정 미사가 사라지는 추세다. 교인들
의 요구를 들어 저녁 미사를 보는 실용주의로 변해 가고 있다. 자정

미사를 보려면 좀 더 큰 성당으로 가야 한다. 루시가 사는 오르베나 그녀의 두 딸들이 사는 동네도 올해부터는 모두 저녁 미사를 본다. 자정 미사가 사라지는 이유는 간단하다. 저녁밥을 먹고 자정까지 기다렸다가 추위를 뚫고 캄캄한 길을 걸어 성당까지 가기가 번거롭고 귀찮기 때문이다.

프랑스에서 가장 중요한 가족 모임은 노엘 전날 저녁 식사이다. 이날은 어떤 일이 있어도 온 가족이 함께 모여야 한다. 그래서 엄청난 교통 체증에 시달리면서도 다들 부모가 있는 집으로 간다. 오래간만에 모여 실컷 먹고 마신 뒤 자정에 맞추어 추운 성당으로 가 미사를 봐야 하니 독실한 신자라 해도 정말 성가신 일이다. 결국 많은 이들이 자정 미사에 빠진 채 곯아떨어지거나 계속해서 술을 마셨다. 그리고 아이들은 선물로 받은 장난감을 만지며 놀았다. 그러니 모두들 빠짐없이 노엘 미사를 보게 하려면 저녁 식사 전에 오게 만드는 방법밖에 없는 것이다. 정말이지 중세 시대에는 생각도 못할 일이다!

어둠이 내리기 시작하자 레몽은 성당에 가기 위해 아주 잘 차려입었다. 그는 노엘과 부활절, 1년에 두 번은 빠지지 않고 성당에 가서 기도한다. 루시는 자신의 시어머니와 마찬가지로 독실한 가톨릭 신자이다. 저 하늘 어딘가에 분명히 신이 존재하며 이 세상을 주관하고 있다고 믿는다. 매주 성당에 나가 기도하고 요즘에는 수요일마다 교회 청소도 한다. 나는 그녀가 게으름이라고는 모르는 강직한 외골수 수녀 같다는 인상을 받곤 한다. 아무튼 오늘 성당에 가는

NOEL
A
KAISERSBERG

것은 신을 믿느냐 아니냐의 문제가 아니다. 신자가 아니더라도 초파일에 절에 가는 것과 다르지 않다.

우리는 오늘 밤 저녁 식사를 하기로 한 루시의 작은딸 실비네가 사는 동네 라푸투와에 있는 성당으로 간다. 이렇게 해서 나도 1년에 한 번은 성당 구경을 하게 되고 미사란 것이 어떤 것인지, 신부들이 무슨 말을 하는지 등을 경험하게 된다. 신의 존재가 내 관심거리에서 멀어진 지 오래지만 스테인드글라스 창에 어른거리는 불빛을 바라보며 스스로를 정화하는 체조라고 생각하고 즐거운 마음으로 미사 의식을 따라한다.

성당 안에는 벌써 사람들이 꽉 차 있다. 작은딸과 큰딸 가족도 먼저 도착해서 긴 의자에 앉아 있다. 이렇게 해서 루시의 가족들이 모두 한자리에 모였다. 그러나 오늘 저녁 미사는 제대로 진행이 안 된다. 모두들 이상하게 붕 떠서 엉망으로 흘러간다. 사람들은 신부가 하는 말이 영 귀에 들어오지 않는 듯한 얼굴로 건성으로 일어섰다 앉았다 하며 옆 자리 친지들과 귓속말을 주고받는다. 성가대 노래도 엉망이다. 노래하는 사람들 마음이 모두 콩밭에 가 있는 것 같다. 마이크 앞에서 노래하면서 지휘하는 지휘자의 목소리는 어디 가서 뜨거운 포도주를 몇 잔 마시고 온 듯 목소리가 찍찍 갈라지고 아무 데서나 높이 올라갔다가 갑자기 막 떨린다. 사람들은 옆 사람과 눈을 맞추며 킥킥거린다. 드디어 미사가 끝났나 보다. 모두들 일어서서 신부가 주는 밀떡을 먹으러 나간다. 나는 아직 한 번도 그것을 맛보지 못했다.

"그냥 밀가루 빵 맛이야."

루시의 큰딸 죠제가 이렇게 설명한다.

"하나 받아서 갖다 주면 좋겠는데."

"혓바닥에 얹어 주는데 그걸 빼서 갖다 줄까?"

그녀는 쿡 웃으며 밀떡 받아먹는 줄에 합류한다. 나는 늘 자그마
하고 납작한 그 밀떡의 맛이 궁금하다. 딱딱한지 부드러운지, 짠지
달콤한지 무미한지, 넣기만 하면 녹는 것인지 그래도 씹어야 할 것
이 있는지, 성당마다 똑같은 맛인지, 성당 주방에서는 좀 더 예수의
살에 가깝게 느껴지게 하기 위해 끊임없이 그 맛을 개발하는지 등
등……. 어쩌면 내 평생 그것을 맛볼 일이 없기 때문에 더 궁금한지
도 모르겠다.

성당에서 나와 집으로 가는 길은 유난히 캄캄하고 춥다. 언제나
느끼지만 노엘 전날 밤은 왜 이렇게 추운지 모르겠다. 오늘 밤 파티
를 위해 미니스커트를 입은 여자들은 추워서 다리를 배배 꼬다 못
해 팔짝팔짝 뛴다. 종종걸음 치는데 뒤에서 땅땅거리며 성당 종소
리가 울려 퍼진다. 그 소리마저 추위에 얼어붙은 듯하더니 의외로
부드럽게 퍼지며 여운이 멀리 오래 간다. 마을을 둘러싸고 부드럽게
드러누운 포도밭 언덕 끝까지, 그 너머 하늘까지 길게 날아간다. 이
웃들이 집으로 들어가며 거리에 남은 사람들을 향해 '즐거운 노
엘!' 하고 소리친다. 거리의 사람들도 '즐거운 노엘!' 하고 대답한다.
우리도 얼른 집으로 뛰어 들어가며 어휴, 하고 소리친다.

:

파파 노엘, 내 선물 양말
절대 잊지 마세요

"그럼, 신사 숙녀 여러분, 어떤 아페리티프를 드시겠습니까?"

작은사위가 아페리티프 술들과 잔들이 들어 있는 장롱을 열며 품격 있는 호텔 레스토랑 실장님처럼 격식 있게 묻는다. 오늘 밤 나는 주인장의 권유대로 방당쥬 타르디브 포도주를 마시기로 한다. 10월 제철에 포도를 따지 않고 겨울 내내 나무에 열린 채로 내버려 두어 추위에 얼 듯 말 듯 하면서 조금씩 마르며 익어 간 겨울 포도로 담근 술이다. 유채꽃처럼 밝은 노란빛이 나는 이 포도주는 무지하게 향이 짙고 달콤하다. 한 잔 마시면 온몸이 향기로운 안개 속에 감싸인 듯한 몽롱한 느낌이 든다. 그러나 밥 먹기 전에 너무 마시면 안 된다. 그러면 밥 먹고 싶은 생각이 달아나 버린다. 위장을 부드럽게 움직일 정도의 양인 한 잔만 마셔야 한다.

귤과 겨울 채소 콘샐러드를 섞어 만든 샐러드 (좌)
국수를 곁들인 생크림 소스 연어 요리 (우)

아페리티프와 곁들여진 음식은 카리브해에 있는 프랑스 섬 마르
티니크 음식들로 차려졌다. 대구 살 으깬 것과 밀가루를 반죽해 여
러 종류의 향기 나는 풀과 매운 고추를 넣어서 동그랗게 튀긴 아크
로와 새끼손가락처럼 조그맣고 매콤한 순대, 소금을 뿌려 말린 대
구 살과 으깬 아보카도를 얹은 우유빵, 붉은 고추를 넣어 양념한 검
은 올리브가 나왔다. 내가 실비네 집에서 가장 좋아하는 것은 아페
리티프에 따라나오는 이 음식들이다. 그녀는 언제나 신선하면서 매
콤하고 짭짤한 입맛 당기는 것들을 내놓는다.

낭만적인 성향이 강한 루시의 큰딸 죠제는 화려하고 실험적인 음
식을 즐기지만 작은딸 실비는 기름기 없는 단출한 건강식을 즐긴
다. 그러나 남편은 격식을 좋아한다. 그는 백 가지 술이 있으면 백
가지 다른 술잔이 필요한 사람이다. 포도주가 달라질 때마다 술잔
이 달라지는 것은 당연한 일이고 같은 샴페인을 마실 때도 연도 수
에 따라 잔이 달라진다. 오래되어 농익은 샴페인은 순식간에 향이

포도주와 함께 곁들여 먹는 치즈들

방울방울 날아가 버리는 것을 막기 위해 플루트처럼 입이 작고 길쭉한 잔에 마셔야 하고, 갓 만든 샴페인은 접시처럼 펀펀한 잔에 따라 풋풋한 맛이 날아가도록 해야 한다고 한다. 그러니 아페리티프에서부터 마지막 소화제용 술에 이르기까지 접시뿐만 아니라 잔만 해도 얼마나 바꿔야 하는지 모른다. 설명을 들으면 모두 맞는 소리다. 하지만 잘못해서 그 비싼 코냑 잔을 하나 깨트리기라도 하면 참 곤란하다. 건배도 힘대로 할 수 없다. 그러니 마음 놓고 술을 마실 수도 없다.

"레몬 즙에 밀 씨눈 가루를 넣어 소스를 만든 콘 샐러드 전식에, 검은 버섯을 볶아 생크림 소스를 만들어 끼얹은 자연산 연어가 본식으로 나오겠습니다. 어때요?"

실비가 단출하게 꾸며진 오늘 저녁 메뉴를 소개한다.

예전에는 노엘이면 절대적으로 먹어야 하는 음식이 있었다. 푸와그라나 훈제 연어, 칠면조나 송아지 고기 같은 것들. 이제 그런 음식들은 명절에만 구경할 수 있는 귀한 음식이라는 자리에서 밀려났다. 슈퍼에 가면 쉽게 살 수 있는 기호 식품이 되어 버렸다.

비싸서 못 먹는 음식이 아니다. 요즘 세상에 귀한 음식, 비싸서 먹기 어려운 음식은 자연산이나 유기농이다. 실비네도 유기농 고기나 자연산 생선이 아니면 안 먹는다. 포도주까지 유기농이다.

"그런데 그놈의 노엘 노래는 좀 바꿀 수 없나?"

실비는 언제나 똑같은 노래에 똑같은 연설에 매년 반복되는 노엘 미사가 지긋지긋하다고 말한다. 그러자 루시와 큰딸 죠제의 표정이

굳어진다. 그녀들에게 교회는 신성불가침, 누구라도 성당이나 신부를 비판하는 것을 좋아하지 않는다. 루시의 성당은 얼마 전에 폴란드 신부가 새로 왔다. 그는 옛 신부보다 훨씬 정통적이며 고지식해 모든 부부들은 당장 피임부터 멈춰야 한다고 선언해 사람들을 깜짝 놀라게 만들었다고 한다. 사위들이 합심해서 시대착오적인 폴란드에서 온 늙은 신부를 비판하기 시작한다.

"치즈나 좀 먹자꾸나. 자, 누구 빵이 더 필요한 사람?"

대화를 바꿔 보려는 레몽의 가련한 노력은 사람들의 전의를 더욱 불태운다. 모두들 빵에다 구린내 나는 염소 치즈를 잔뜩 얹어 꾹꾹 씹어 먹으며 알자스에서 신부 몰아내기에 박차를 가한다. 알자스 신부들은 지방 자치단체에서 주는 월급을 받는다. 정년퇴직을 하고 나면 죽을 때까지 다달이 연금을 받고 법정 휴가까지 즐길 수 있게 되어 있다. 공무원과 똑같은 대접을 해 준다. 성당 유지비도 모두 정부에서 지불된다. 그런데도 루시가 성당에 가서 청소를 해 줄 필요가 있냐는 이야기가 나오자 그녀의 얼굴이 붉으락푸르락해진다. 레몽이 나서서 루시가 하나님을 위해 청소를 하니 우리는 하늘에 좋은 자리가 예약되어 있다고 우스갯소리를 하지만 또 무시된다. 침을 질질 흘리며 미사를 집전하는 장 폴 2세 로마 교황은 정말 꼴불견이라는 이야기까지 나오자 날카로운 비명 소리가 터져 나온다. 난장판으로 이어질 집안 싸움은 치즈를 뒤이어 나온 디저트 덕분에 가까스로 멈춰진다.

"일 플로탕트입니다, 여러분!"

실비가 분위기를 바꾸려는 듯 즐겁게 소리치자 모두들 겨우 정신이 돌아온 듯하다. 떠 있는 섬, 찰랑거리는 섬이라는 뜻의 일 플로탕트 île flottante. 이 요리에서 가장 중요한 것은 계란 흰자를 솜사탕처럼 가볍게 부풀리는 것이다. 계란 노른자와 생크림에 바닐라를 넣어 부드럽고 달콤한 소스를 만든 뒤 그 위에 가볍게 부풀린 흰자를 띄운다. 그러면 이것은 이름 그대로 녹거나 허물어짐 없이 바다 위의 하얀 섬처럼 찰랑거리며 떠다닌다. 그 찰랑거리는 섬을 숟가락으로 떠서 먹으면 뭉게구름을 입에 넣은 듯한 그런 맛이 난다. 가볍고 몽실몽실한 맛이다. 내가 만난 프랑스 사람 중에서 이것을 싫어하는 사람은 보지 못했다. 그리고 이것을 먹어 본 한국 사람 중에서 맛있다며 좋아하는 사람 또한 보지 못했다. 나도 처음엔 희한하게 부드러운 이 디저트를 좋아하지 않았지만 이제는 아주 좋아하게 되었다. 이 세상 음식 같지 않은 그런 느낌이 있어 좋다.

"커피만 드실 분과, 커피와 쉬냡스를 함께 드실 분 말씀해 주세요."

뭉게구름 같이 부드러운 디저트, 일 플로탕트

작은사위가 부드러운 미소와 함께 격식을 갖춘 연극적인 어조로 말한다. 기름지게 구운 칠면조 한 마리를 먹었던 지난해 죠제네 집에서의 노엘 음식에 비해 이번 식사는 간소하게 치러졌다. 모두들 지금은 좀 아쉬운 듯하지만 집으로 돌아가서는 많이 먹지 않은 것을 다행으로 생각하며 편히 잠들 것이다. 배가 터지도록 먹지는 않았지만 그래도 커피를 마신 뒤 속을 편하게 해 줄 독주 한 잔은 꼭 있어야 한다. 식탁의 마침표이다.

레몽이 집에서 여러 종류의 독주 '쉬납스'를 바구니 가득 담아 왔다. 72년 그의 아버지가 돌아가시기 전에 마지막으로 만든 술이 든 술병들이 이제는 거의 바닥을 드러내고 있다. 가을이면 온 들판과 산에서 딴 열매들로 쉬납스를 만드느라 저녁이면 언제나 얼굴이 불그스레해져서 돌아왔다는 할아버지 얼굴을 떠올리며 모두들 잠시 추억에 젖는다. 사람은 가고 술은 남았는데 이제 그 술도 점점 사라지고 있다. 산딸기 쉬납스 뚜껑을 여니 산딸기가 있는 숲 속의 냄새가 쓰윽 느껴진다. 매년 줄어드는 만큼 병 속의 술은 점점 더 향기로워지는 듯하다. 레몽은 자신의 아버지를 생각하는 듯 조그만 술잔에 코를 대고 한참 말이 없다.

자정이 다가오자 실비의 막내딸과 아들이 조바심을 치며, 언제 산타 할아버지가 하늘에서 무지무지하게 많은 선물을 들고 내려오시나요, 내 선물 양말 절대 잊지 마세요, 어쩌고 하는 노엘 밤 노래를 부르기 시작한다. 그러자 사람들도 그 노래에 맞춰 함께 노래를 부른다. 아이의 장단에 맞춰 모두들 반복해서 목이 쉬어라 불러 댄다. 선물에 대한 기대감으로 아이들은 열광의 도가니에 빠진 얼굴들이다. 그러자 어느 순간 집 안의 불이 꺼지면서 거실 중앙에 놓인 크리스마스트리만 반짝반짝 빛난다. 노래를 듣고 정말 산타 할아버지가 왔다 갔는지 트리 아래엔 어느새 선물 꾸러미들이 가득 쌓여 있다. 아이 둘이 미친 듯이 환호성을 지르며 그것을 향해 뛰어든다. 그 뒤를 따라 어른들도 느릿느릿 자신의 이름이 쓰인 선물 꾸러미들을 찾기 위해 걸어간다.

노엘 자정이다. 밖은 칠흑처럼 캄캄하다. 담배를 피우는 사람들을 따라 정원으로 나가니 차가운 바람이 찌르듯 심장을 관통한다. 이제부터 날이 조금씩 길어질 것이다.

명절 오후의 가족 산책

알자스 백포도주, 바다는 나를 좋아해

꿀과 오렌지 즙으로 마사지해 구운 오리 한 마리

：

알자스 백포도주,
바다는 나를 좋아해

어제 함께 저녁을 먹었던 멤버들이 노엘 점심을 하기 위해 속속 루시의 집으로 모여든다. 노엘 전날 저녁 식사는 매해 두 딸이 번갈아 가며 하지만 노엘 점심은 언제나 루시가 한다. 죠제는 송아지만큼 커다란 개 사미아도 데리고 왔다. 루시가 사미아를 쓰다듬어 주니 너무 좋아서 오줌을 찔끔 싼다. 아이들은 어제 받은 선물들을 전부 가슴에 안고 왔다. 아직 완성되지 않은 모형 주택과 배의 조각들을 늘어놓고 열심히 설계도를 읽다가 팽개치고 어른들을 붙들고 낱말 맞추기 게임을 하자고 졸라 대더니 금방 또 다른 선물을 향해 달려간다. 어젯밤 산타에게 받은 선물에 대한 흥분이 다 가시지 않은 듯하다. 어른들까지 아이들 선물들 만지작거리며 심각하게 설계도를 들여다보며 모형 집의 벽을 쌓아 올리기에 여념이 없다. 두 딸과 사

손때가 묻어있는
루시의 부엌

위, 도미와 나, 모두들 어제 루시에게서 선물로 받은 똑같은 갈색 스
웨터를 입고 있어 결혼기념일 단체 여행에 나선 촌스러운 커플들
같다.

식구들이 다 모이자 레몽이 거실 탁자 위로 아페리티프 술들을
날라 오기 시작한다. 우리는 레몽이 차리는 아페리티프에 대해서
별로 기대를 하지 않는다. 그는 사위들이 좋아할 만한 독한 술들과
함께 자신이 좋아하는 여러 종류의 짠 비스킷들과 마른 소시지를
얇게 썰어 내놓는다. 그는 디저트는 무지하게 좋아하지만 밥 먹기
전에 독한 술을 마시거나 이것저것 군것질하는 것은 그리 좋아하지

않기 때문에 아페리티프를 위해 특별히 매콤하게 삭힌 검은 올리브나 바삭바삭하게 구운 짠 파이 같은 것을 준비하는 법이 없다.

"또 초록 레몬을 준비하지 않았어요, 파파."

레몽은 티퐁슈를 만들기 위해 럼주와 사탕수수 시럽을 준비했지만 초록 레몬 대신 또 노란색 레몬을 준비해 두었다. 모두들 있을 수 없는 일이라는 듯 비난의 눈길로 레몽을 쳐다보자 그는 그냥 눈만 끔벅인다. 초록 레몬과 노란 레몬의 맛이 그렇게 다르단 말인가? 시큼하기는 똑같은데 참 까다롭기도 하군……. 그런 표정이다. 초록 레몬은 여러 가지 야생 풀을 짓이긴 것 같은 독특한 향이 나서 껍질째 으깨어 넣으면 독한 럼주와 어울려 톡 쏘면서 입 안을 환하게 하는 향기가 난다. 단순히 상큼하기만 한 노란 레몬으로는 그 맛을 낼 수가 없다.

"차라리 위스키를 마시고 말지."

모두들 럼주에 노란 레몬을 넣어야 한다면 차라리 티퐁슈를 마시지 않겠다고 나오자 레몽은 이만저만 실망한 얼굴이 아니다. 혼자서 오렌지 주스에 럼주를 섞더니 쭉 들이켠 뒤 베란다로 나가 버린다. 그리고 베란다 벽에 걸린 온도계를 보며 점심을 먹기에 적당할 만큼 따뜻한지 체크한다. 탁자 위의 접시며 냅킨과 잔들이 제대로 준비되었는지도 점검한다. 그놈의 초록 레몬 때문에 아무도 원하는 아페리티프를 마시지 못했다는 것이 잔뜩 화가 난 것 같다. 그는 묵묵히 부엌으로 가 전식과 함께 마실 차가운 백포도주를 나른 뒤 포도주 병 속에 온도계를 넣어 마시기에 적당한 온도인지 체크한다.

과연 이번에는 까다로운 사위들이 포도주 맛이 어떻다는 둥 온도가 어떻다는 둥의 소리를 하지는 않을까, 왠지 자신 없는 듯하면서도 편집광적인 철저함으로 탁자와 접시, 의자들이 놓인 각도를 점검한다.

"노르망디에서 어제 도착한 싱싱한 생굴입니다, 여러분!"

루시가 생굴이 담신 커다란 접시를 들고 오자 모두들 깜짝 놀란다.

"설마, 난 절대 먹지 않을 거야!"

모두들 탄성과 함께 고개를 흔든다. 루시는 그럴 줄 알았다는 듯 고개를 끄덕이더니 다시 부엌으로 가서 민트 잎으로 장식한 푸와그라 접시를 들고 온다. 루시가 마련하는 노엘 음식은 언제나 가장 전통적이다. 그 옛날, 노엘 때만 먹을 수 있었던 것들로 차려 낸다. 전식은 언제나 훈제 송어나 연어, 혹은 푸와그라다. 올해는 훈제 연어 대신 놀랍게도 생굴을 준비했다. 그러나 과연 몇 명이 이 굴을 먹을 수 있을지는 장담할 수 없었기에 푸와그라도 함께 준비했던 것이다. 알자스는 프랑스 내에서 바다로부터 가장 멀리 떨어진 지역이다. 노르망디 바다를 보기 위해서 자동차로 새벽부터 저녁까지 달려야 할 만큼 시간이 걸린다. 그래서 이곳에서는 아직도 해산물이 귀하다. 파리에서 쉽게 살 수 있는 싱싱한 조개나 홍합, 눈과 비늘이 반짝거리는 바다 생선은 찾을 수가 없다. 이곳 사람들은 해산물을 거의 먹지 않는다. 계곡물에서 잡을 수 있는 송어가 이들이 간혹 먹는 생선의 전부이다. 바다 생선은 거의 먹지 않는 편이며 크게 좋아하지도 않는다. 어떻게 요리해야 하는지도 모른다. 1년 내내, 혹은 평생 한

번도 생선을 먹지 않는 사람도 많다.

생선회가 맛있다는 이야기를 하면 그냥 끔찍한 표정을 짓는다. 그러고 보면 사람이란 자기가 자란 곳의 특성에 따라 이 세상의 얼마나 많은 맛있는 음식을 못 먹고 죽게 되는지 모르겠다. 아무튼 루시는 어제 슈퍼 한편에 잔뜩 쌓인 싱싱한 노르망디 생굴 박스들을 보자 홀린 듯 그것을 샀다. 굴이 단백질이 풍부하며 무지하게 맛있는 데다 파리의 레스토랑에서 아주 비싸게 취급되는 귀한 음식에 속한다는 것을 텔레비전을 통해 많이 봤다. 그래서 이번 노엘 식탁에 한번 올려보기로 한 것이다. 그러나 그녀 또한 그것을 먹을 생각은 조금도 없었다. 다른 가족들이 새로운 맛을 보며 좋아해 주리라는 기대로 준비했다.

그런데 결과는 실망스럽다. 파리에서 살았던 작은사위와 도미, 나, 이 셋을 제외하고는 누구도 그것을 먹으려 하지 않는다. 굴 위에 노란 레몬을 비틀어 짜니 새콤한 즙에 놀란 굴이 확 오므라든다. 바닷물을 한껏 머금은 신선한 굴이다. 한번 맛보라고 죠제 입 앞에 갖다 대니 펄쩍 뛴다. 이곳이 첩첩 산골 촌구석이긴 하구나, 하는 것을 느낀다. 이 세상의 모든 희한하고 다양한 먹을거리들이 진열된 대형 슈퍼가 있는 도시 사람들은 새로운 음식에 대해서 그만큼 낯설어하지는 않는다. 촌사람일수록 모르는 음식은 죽어도 맛보지 않으려는 경향이 있다. 할 수 없지, 굴 박스에 둘러앉은 우리 세 사람은 고소한 굴을 빼먹고 난 뒤 굴 맛이 나는 짭짤한 바닷물에 빵을 찍어 먹으며 알자스산 백포도주 피노 그리를 들이켠다. 입 안에서 신선한 파도가 이는 듯하다.

해산물 철인 가을이 시작되면 프랑스 전역에 '바다는 나를 좋아해'라는 광고 문구와 함께 알자스 백포도주 광고가 시작된다. 보르도나 부르고뉴에도 백포도주가 있지만 해산물과 가장 궁합이 잘 맞는 술은 알자스산 백포도주다. 알자스 백포도주에서만 느낄 수 있는 독특한 흰 꽃향기는 신기할 정도로 바다 생선이나 조개와 잘 어울린다. 바다에서 가장 먼 곳에서 만들어진 포도주가 바다에서 나온 것들과 가장 달콤하게 어울린다니 무척이나 로맨틱한 만남이라는 생각이 든다.

우리가 열심히 바다를 뒤적거리는 동안 다른 식구들은 푸와그라

"Et si on passait au fromage"
proposa le Grand Blanc.

Tous les becs fins vous le diront:
à l'heure du fromage,
les Grands Blancs s'imposent avec naturel.
Pour un fromage de chèvre,
choisissez la délicatesse d'un Riesling.
Pour un comté, optez pour
la rondeur du Tokay Pinot Gris.
Et pour les forts en goût
comme le munster ou le bleu,
préférez la puissance du Gewurztraminer.
www.vinsalsace.com

VINS
D'ALSACE
LES GRANDS BLANCS

S D'ALCOOL EST DANGEREU... ... LA SANTÉ, CONSOMMEZ AVEC MODÉRATIC

알자스에서 생산되는 백포도주 광고에는
학이 빠지지 않는다. 긴 부리와 다리가
섬세한 맛을 표현하기 때문이다

로 만족한 얼굴들이다. 푸와그라를 그대로 풀이하면 '지방 간'이라는 뜻이다. 말 그대로 지방이 너무 많아 부풀어오른 간이다. 원래 이것은 18세기경 이집트에서 들어왔는데 프랑스에서 푸와그라를 가장 먼저 만들어 낸 사람은 알자스 사람이었다. 알자스 한 장군의 요리사였던 이 젊은이는 푸와그라에 밀가루 반죽을 말아서 바삭바삭하게 오븐에 굽는, 지금까지도 그대로 내려오는 알자스식 푸와그라를 탄생시켰다. 이것을 한번 맛본 사람은 혓바닥에 사르르 녹는 맛에 반해서 너도나도 좋아했다고 한다. 그리고 푸와그라야말로 이세상에서 가장 섬세한 음식이라고 평을 했다고 한다.

그래서 여기저기 찾는 사람들이 많아져서 그 당시엔 푸와그라만을 위해 전문적으로 거위를 키우는 새로운 직업까지 생겼을 정도였다.

프랑스인들이 한국 사람은 개고기를 먹는 야만인들이라고 했을 때, 우리는 당신들은 푸와그라를 위해 거위를 얼마나 잔인하게 혹사하느냐고 받아친 적이 있다. 실제로 간을 비대하게 키우기 위해 거위 입에다 호스를 대고 옥수수나 밀을 마구마구 처넣는 것을 보면 거위가 여간 불쌍해 보이지 않는다. 그런데 거위는 파닥거리며 거부하기는커녕 인생이란 원래가 그런 것이려니 하는 표정으로 꾸역꾸역 넣어 주는 대로 열심히 받아먹는다. 그러다 어느 순간 간이 너무 부풀어서 쿡 꼬꾸라져 죽어 버린다. 이때 거위를 키우는 사람이 해야 할 가장 중요한 일은 밤낮을 가리지 않고 거위를 살피는 것이다. 거위가 자연사한 뒤 잡으면 푸와그라 맛이 떨어지기 때문에 죽기 직전에 산 채로 잡아야 그 간이 맛있다나…… 동물 사랑으로 유명한 프랑스 사람들이지만 그래도 더 좋은 것은 맛있는 것인 모양이다.

아무튼 귀족들만이 먹을 수 있던 푸와그라를 오늘날 누구나 쉽게 살 수 있게 된 것은 프랑스 혁명 이후 요리사들이 주인을 잃고 독립된 직업을 가지면서였다. 이들이 제과점을 열어 푸와그라를 만들었더니 너무나 많은 사람들이 이것을 사려고 줄을 섰다고 한다. 지금도 흠집 없이 온전한 간 형태 그대로의 푸와그라는 놀라울 만큼 비싸다. 형태가 일그러졌거나 부서진 것, 혹은 부서진 찌꺼기로 만든 것들은 가격에서 엄청난 차이가 난다. 당연히 맛도 큰 차이가 있다. 같은 이름의 푸와그라라 해도 다 같은 것이 아니다. 이제 알자스 푸와그라의 명성은 피레네 산맥이 있는 남쪽 지방으로 넘어간 듯하다. 예전처럼 이곳에서 거위를 키우는 농장은 더 이상 없다.

푸와그라는 버터처럼 그냥 그것만으로는 먹을 수 없다. 푸와그라를 맛있게 먹기 위해서는 통밀빵이나 잡곡빵이 아닌 부드러운 우유빵이 필요하다. 우유빵을 구워 식기 적에 버터를 조금 녹여 그 위에 푸와그라 한 조각을 얹은 뒤 입 안에 넣는다. 연이어 차가운 백포도주를 마셔야 완성된 맛이 나온다. 차가운 백포도주 대신 겨울에 딴

포도로 담근 달콤한 포도주를 마시면 훨씬 로맨틱한 맛을 느낄 수 있다. 어찌 되었든 부드럽게 구운 우유빵과 백포도주가 없다면 절대 푸와그라를 먹지 말라고 권하고 싶다. 버터덩이를 통째로 입에 넣는 것과 별로 다르지 않기 때문이다.

모두들 나에게 푸와그라도 좀 먹으라고 권한다. 그러나 짭짤한 바닷물에 젖어 신선해진 입을 지방간으로 더럽히고 싶지는 않다고 하니 모두들 내가 무엇이 맛있는 것인지 모른다는 표정을 짓는다. 피차일반이다. 지금 내가 기다리는 것은 오븐에서 오렌지와 꿀이 졸아들면서 나는 냄새를 솔솔 풍기며 익어 가고 있는 5킬로그램짜리 통통한 오리 한 마리다.

:

꿀과 오렌지 즙으로 마사지해 구운
오리 한 마리

목이 길고 엉덩이 두 쪽이 빵빵한 오리를 머리끝부터 발끝까지 꿀과 오렌지 즙으로 잘 마사지해서 몇 시간 휴식을 취하게 한 뒤 얇게 썬 오렌지를 덮어 오븐에 넣어 굽는 요리다. 여기서 중요한 것은 오리 껍질이 오렌지 즙과 함께 타 들어가면서 밑으로 흘러내린 기름 소스를 듬뿍듬뿍 자주 끼얹어 줘야 하는 것이다. 루시는 조금 전에도 흘러내린 뜨거운 기름 소스를 골고루 끼얹어 주고 왔다. 오븐을 열 때마다 오리 껍질이 보글보글 갈색으로 타 들어가면서 풍기는 맛있는 냄새가 진동을 한다.

오리 중에서 가장 맛있는 부위를 꼽으라면 다리도 날개도 목도 아닌 바로 껍질이다. 오리는 얼음으로 얼어붙은 호수를 헤엄쳐 다닐 정도로 추위에 강한 동물이다. 그것은 오리 껍질 안에 통통하게 붙

꿀과 오렌지 즙으로 마사지해 구운
오리 요리

어 있는 지방 덕분인데 오리 요리에서 가장 중요한 것은 어떻게 껍질이 종이처럼 얄팍해지도록 기름을 쏙 잘 빼느냐이다. 북경 오리의 진미도 껍질에 있다. 이곳 중국 식당에서 북경 오리를 시키면 요리사가 직접 수레에 오리 한 마리를 싣고 나온다. 그리고 바로 손님 앞에서 커다란 식칼로 옷을 벗기듯 쓱쓱 오리 껍질을 벗겨서 썰어 준 뒤 나머지는 다시 주방으로 가지고 간다. 이 껍질을 얄팍하게 빚은 전병 위에 얹어 잘게 썬 생파와 매콤한 고추장 소스로 쌈을 싸먹으면 참 희한하게 맛있다. 잘 요리한 오리 껍질은 촉촉하고 얇게 기름기가 스며 있으면서 와삭와삭한 씹히는 맛이 난다. 그렇지만 껍질을 벗기고 남은 고기로 만든 요리는 어떻게 해도 별맛이 없다.

"코냑 불꽃 샤워는 네가 하렴."

루시는 오늘 오리 요리의 절정의 순간을 도미에게 맡긴다.

"아니, 나도 잘할 수 있는데."

남자들은 이 흥미로운 일을 서로 하겠다고 나서더니 모두들 우르르 부엌으로 몰려간다. 코냑을 뒤집어쓰고 불타는 오리를 보기 위해서다. 도미가 조심스레 데운 코냑에 불을 붙여 오리 등에 끼얹자 불은 푸른색 벨벳처럼 부드럽게 오리를 감싸며 소리 없이 일렁거리다. 그러더니 불꽃은 금방 사라져 버린다. 코냑 향이 밴 오리를 한 번 더 오븐에 넣은 뒤 잠시 후 꺼냈더니 모두들 음, 하고 길게 입맛을 다신다.

오리 고기에 곁들여진 것은 오리 간과 함께 내장을 잘게 썰어 향이 나는 여러 가지 풀과 함께 촉촉하게 빵가루를 섞어 오리 배 속에 꽉 채워 넣어 찐 것이다. 빵가루를 섞어 찐 내장 위에 오리 기름 소스를 얹으니 오렌지와 코냑 향이 살짝 난다. 루시의 명절 음식은 이렇게 지나치게 거하지도 않고 너무 가볍지도 않다. 영양가가 듬뿍 있으면서 맛있다. 후식은 우유에 버찌 술을 넣어 부드럽게 거품을 내 얼린 아이스크림과 생크림 케이크이다. 검소하면서도 풍족한 점심 식탁이다.

디저트를 다 먹었을 때쯤 보니 루시의 두 딸이 보이지 않는다. 예상대로 부엌에서 두 여자가 설거지를 하고 있다. 식기 세척기가 없는 루시의 집에서 이렇게 온 식구가 모여서 밥을 먹는 날이면 설거지가 보통 일이 아니다. 모두 열두 명이니 접시만 해도 전식부터 디저트까지 쉰 개가 넘는다. 거기다 치즈까지 먹게 되면 다시 열두 개가 추가된다. 여기에다 술을 달리할 때마다 달라진 잔이 50여 개. 그런데 두 딸은 별 불만스러운 기색도 없이 도란도란 얘기하며 씻어 헹구고 마른 행주로 닦아 찬장 속에 넣고 있다.

남녀평등이 어느 곳보다 앞선 나라로 알려진 프랑스지만 부엌일에서만은 어쩔 수가 없는 모양이다. 이곳의 주부들은 거의 100프로라 해도 과언이 아닐 만큼 모두가 직장 생활을 한다. 맞벌이를 하지 않으면 경제적으로 생활하기 힘들기 때문이기도 하지만 직장 생활을 하지 않으면 노후에 연금을 받을 수 없기 때문에 어떤 작은 일이라도 해야 한다. 문제는 집안일이다. 부부가 똑같이 바깥일을 해도 집안일과 아이들 뒤치다꺼리는 아직도 여자들의 몫이다. 이런 시골 구석은 더 심하다. 여자들이 바깥 직업이 없던 시절에는 집안일만 하면 되었는데 이제는 두 배의 일거리가 생긴 것이다.

"아, 뭐가 이렇게 끝이 없게 많지?"

바닐라 소스를 곁들인 케이크(좌),
버찌 술을 넣어 만든 생크림 아이스크림(우)

결국 실비가 투덜거리기 시작한다. 정말이다. 접시와 잔들뿐만이 아니다. 어디에 사용했는지 알 수 없는 소쿠리들과 솥들, 냄비, 여러 개의 도마와 이상한 부엌 도구들……. 쇳덩이처럼 얼마나 무거운지 설거지가 끝나면 손목에 압박붕대를 감아야 할 것 같다.

"엄마 집에서 밥을 먹으면 언제나 이렇게 설거지 거리가 많아."

큰딸도 고개를 젓는다. '아니, 남자들은 왜 팔자 좋게 저기 앉아서 과자랑 커피를 마시고 있는 거지?' 이런 불평을 터뜨리지 않는 것이 신기할 뿐이다. 나는 마른행주로 그릇을 닦는 내내 그 생각을 하느라 점점 더 화가 나는 것을 참을 수가 없다. 결국 내 인상이 심상치 않음을 간파한 도미가 슬며시 와서 그릇 닦는 일을 돕기 시작한다. 그러자 루시는 아들에게 커피가 다 식는다고 빨리 가서 마시라고 난리다. 세상 어느 구석이든 엄마의 아들 사랑은 똑같다. 설거지를 마치고 가니 남자들은 소화제용 코냑을 마시며 가느다란 시거를 피우고 루시는 손자들과 카드놀이를 한다. 어제 누군가 선물한

카드다. 명절 때는 꼭 누군가 카드 선물을 한다. 매년 새로운 그림이 그려진 카드지만 놀이 방법은 비슷하다. 그런데도 작년에 산 카드로 놀이를 하면 재미가 없다는 생각이 들어 꼭 새 카드를 사야 한다.

"그만 슬슬 산책을 나가 볼까? 너무 많이 먹은 것 같군."

레몽이 외투를 입는다. 적게 먹으려 애를 쓰더니 오늘도 그는 디저트 케이크와 과자의 유혹을 뿌리치지 못해 너무 많이 먹어 버렸다. 모두들 두툼한 외투를 껴입으며 일어선다. 우리는 초등학교와 중학교가 있는 마을 뒤 언덕을 향해서 걸어간다. 햇빛은 좋은데 공기는 차다. 학교 뒤 텅 빈 캠핑장에 누군가 텐트를 쳐 놓았다. 이렇게 추운 명절 오후에 누가 저기서 혼자 캠핑을 하고 있을까. 한국에 살 때 나는 명절 때 만나야 하는 친척들이 싫어서 괜한 구실을 대고 도망 나오곤 했다. 명절에 집에서 식구들과 도란도란 보낸 기억이 거의 없다. 그런데 이국 만리 남의 가족 속에 끼여 두런거리며 언덕 길을 걸어가고 있다니……. 키가 후리후리한 그들 속에 작고 납작하게 낀 내 모습이 내게도 너무 낯설다.

Printemps

봄

박하죽 향기 쌉싸래한, 비 오는 봄날의 부엌

아침은 프랑스식으로 하세요

보주 산맥에서 사는 농부의 인생

루시의 부엌과 레몽의 다락방

박하죽 향기 쌉싸래한,
비 오는 봄날의 부엌

산꼭대기 농장의 찔레꽃

건강에 좋은 따뜻한 야채죽

알자스에서 보는 독일 방송

:

산꼭대기 농장의
찔레꽃

파리의 공기 속에는 마약이 있다. 한 번 그 공기에 맛을 들이면 헤어날 수가 없게 된다. 향정신성의약품에 뒤따르는 후유증과 마찬가지로 파리 공기를 너무 오래 마시면 햇빛 결핍으로 인한 우울증에 시달리게 된다. 겨울은 겨울이라고 참지만 봄이 되었는데도 햇빛 한 자락 나오지 않으면 모두들 정신이 오락가락하게 된다. 우산 없이 나갔다가 뼈까지 푹 젖어서 돌아오게 만드는 무서운 봄비의 행진이 몇 달째 계속된다. 눈에 보이는 것은 담장에 붙어 소리 없이 기어다니는 달팽이 무리들뿐이다. 사람들은 모두 내게 말 시키면 죽을 줄 알아, 하는 표정으로 걸어간다. 햄스터나 생쥐 같은 조그맣고 따뜻한 짐승을 주머니 속에 넣고 다녀 볼까, 친구를 만나 볼까, 이것저것 귀찮으니 그냥 세느강에 뛰어들어 버릴까, 매 순간 실천하지 못할 갈등을 한다.

이럴 때 알자스로 가야 할 일이 생기면 정말 내키지 않는다. 자동차를 타도 회색 도시를 서서히 벗어나기 시작하면 어딘가로 잡혀가는 것처럼 불안하다. 금단현상인가? 휴게소가 보일 때마다 나는 멈추라고 소리를 지른다. 하지만 국도변 휴게소에서 하는 식사는 정말 형편없다. 이미 조리된 것을 진열해 놓고 퍼 담아 주는 이 음식에는 생명이 없다. 죽은 음식이다. 한국의 고속도로 휴게소가 그립다. 가스 불 위에 얄팍한 냄비로 끓인 김이 보글보글 오르는 라면 생각이 굴뚝같다. 아니면 호떡이나 뜨끈뜨끈한 국물이 있는 어묵이라도……. 자판기 커피를 마신 뒤 화장실로 가서 손을 씻고 거울을 본다. 이상하게도 국도변 휴게소 화장실 거울에 비친 내 모습은 평소보다 훨씬 늙고 못생겨 보인다. 내 인생이 늙음과 죽음을 향해 달려가고 있음을 거짓 없이 반추해 주는 진실 거울이다.

자동차는 봄의 초록 속으로 끝없이 달려간다. 눈을 감았다 뜨니 아직도 초록을 끼고 달린다. 눈을 감았다 뜨니 다시 초록. 이렇게 끝도 없이 초록 속을 달려가다 보면 봄이 시작되는 그 최초의 구멍 안으로 쑥 들어가 버릴 것만 같다.

"그런데 알자스란 곳은 프랑스 지도 위에 있는 땅이 맞기는 맞아?"

문득 눈을 뜨고 이렇게 말한다. 도미는 피식 웃기만 한다. 여섯 시간이나 계속된 자동차 여행이 지겹지도 않은 모양이구나, 역시 어릴 때부터 고기와 우유를 많이 먹은 족속이라 지구력이 참 대단하구

나, 도미는 나의 이런 잔소리와 투덜거림에 별 반응이 없다. 나는 밥하고 푸성귀만 먹고 자라서 육체적 끈기가 정말 없거든, 그러니 이제 우리 알자스 오는 횟수를 좀 줄이자꾸나, 중얼중얼…… 하는 사이 거짓말처럼 쓰윽 알자스 도착이다. 갑자기 난쟁이나 스머프가 사는 마을에 뚝 떨어진 기분이 든다. 기분 좋다. 루시의 정원엔 체리 꽃과 사과 꽃이 한창 흰 망울을 터뜨리고 있다.

"그래, 빠담은 별일 없고?"

레몽은 파리를 빠담이라고 부르기도 한다.

"어디 가시는 길인가요?"

"오뷔르aubure에 고기 사러 가."

"오뷔르?"

"알자스 하늘 아래 가장 높은 마을이지."

"저도 같이 갈까요?"

내가 따라나서자 레몽은 흐뭇한 표정이 된다. 자동차가 산꼭대기를 향한 꼬부랑길을 달리기 시작하자 그는 산 굽이굽이마다 보이는 먼 마을들을 설명한다. 길이 좁은 데다 경사가 심해서 그가 마을을 손가락질할 때마다 몹시 불안하다. 차가 금방이라도 꼬부랑길 밖으로 튕겨 나갈 것만 같다. 그의 운전 실력이 지난번보다 더 나빠진 듯하다.

"저기, 저 산 보이지? 우리 아버지가 태어난 동네가 있는 산이야. 가난한 농부의 외아들로 태어나셨지. 할아버지 할머니는 소를 키워 그 젖으로 치즈를 만들어 팔았어. 땅도 없었고 소 몇 마리가 전 재산이었지. 아버진 치즈 만드는 직업을 이어받지 않고 그냥 소만 키워 그 젖을 치즈상에게 팔았지. 그러다 저기 보이는 반대편 저 산 쪽에 사는 어머니를 만났지. 아버지는 몇 시간을 걸어서 어머니를 만나러 갔다가 또 몇 시간을 걸어서 집으로 왔지. 버스도 없는 시절이었으니까. 눈이라도 내리면 뭐, 꼼짝도 못하지. 눈이 다 녹을 때까지 어머니를 만날 수도 없었어. 그래도 아침마다 치즈상이 소가 모는 커다란 수레를 끌고 우유는 받으러 왔지. 그 딸랑거리는 소리, 우유를 우유 통에 붓는 소리가 어제 일처럼 내 귀에 쟁쟁한데…….

응, 세월이 참 빠르구나."

커브 길마다 주춤주춤 불안하게 돌면서도 이야기를 멈추지 않는다. 며느리에게 모든 것을 다 이야기해 주면 내가 그것을 간직해 두었다 손자에게 이야기해 대대로 그 이야기가 이어지리라 생각하는 모양이다. 자동차는 전나무 숲과 소나무 숲이 번갈아 가며 나타나는 좁은 산길을 한없이 올라간다. 깊으면서도 한적하고 아름다운 길이다. 갑자기 펀펀한 구릉이 나오더니 '가장 높은 마을'이 나타난다.

첩첩산중 꼭대기에 이렇게 큰 마을이 숨어 있다는 것이 신기하다. 카페도 있고 식당도 있다. 농장에서 하는 민박집도 있다. 한쪽은 비스듬하게 펼쳐진 농장으로 둘러싸여 있고 다른 한쪽은 첩첩 산들이 멀찍이서 마을을 둘러싸고 있다. 널찍한 농장에는 아직 망울을 터뜨리지 않은 푸르스름한 빛깔의 사과나무가 서 있고 그 아래에서는 소들이 한가로이 우리를 쳐다보고 있다. 둘러싸인 산과 마을 사이에 구름이 낮게 드리워져 있어 구름 속에 건설된 마을 같은

느낌이다. 여기는 공기가 또 다르다. 훨씬 더 차고 더 신선하다.

"우리가 가야 될 농장은 저 맨 꼭대기다."

우리는 아이스박스를 들고 비포장도로를 걸어간다. 그 길에 피어 있는 찔레꽃을 보자니 갑자기 사촌 오빠 생각이 난다. 닭과 돼지를 키웠던 오빠의 농장도 마을에서 가장 높은 곳에 있었다. 이렇게 길 양편에 돌복숭아나무가 있었고 찔레꽃도 있었다. 찔레꽃 새순을 꺾어 먹어 보니 쓰고 강한 풀 맛이 난다. 오빠의 농장에서 이것을 먹을 때는 그렇게 부드럽고 촉촉했는데, 벌써 30여 년 전이니 내 입맛이 변한 것이겠지.

한창 젊은 시절 오빠는 자신이 키운 돼지로 독일 소시지처럼 맛있는 소시지를 만드는 꿈을 꾸었다. 독일인 신부 집에서 소시지를 먹어 본 뒤 그는 그 다양한 종류와 부드러운 맛에 반해 버렸다. '얼마나 맛있는지 모릅니다. 그냥 입에서 사르르 녹아 버립니다.' 그는 우리나라 사람은 이 소시지를 맛보기만 하면 무조건 반하게 되어 있다고 장담했다. 그러나 그런 날은 오지 않았다. 반대로 오빠 나이 쉰 즈음에 조금씩 빚을 지기 시작하더니 예순이 넘으면서 더 이상 제기할 수 없을 정도의 빚더미에 올라 결국엔 망해 버렸다. 집과 농장, 돼지들, 모든 것이 누구에겐가로 넘어가 버리는 것으로 끝이 났다. 오빠 나이 예순셋, 40여 년 이상 축산업을 한 결과였다.

매해 돼지 농장에는 힘든 고비가 있었다. 어느 해는 사료 값이 폭등해서 빚을 졌다가 다시 갚고, 또 어느 해는 돌림병으로 돼지가 몰사해서 빚을 지고, 또 어느 해는 고기 값이 폭락해서 새끼로 살 때보다 못한 가격으로 팔아 빚을 지고, 알 수 없는 이유로 돼지 막사에 불이 나서 모든 돼지를 잃기도 하고. 그렇게 돈 벌기와 빚 갚기를 반복하던 오빠는 불안한 축산 정책에 신물이 나 파동 같은 것에 휩쓸릴 일 없는 가공식품 만들기 꿈을 꾸기 시작했지만 그냥 꿈으로 끝나고 말았다.

이곳에서라면 오빠의 꿈이 가능했을지도 모른다. 프랑스에서는 농부나 축산업자가 망하는 일이란 절대 없다. 어떤 경우에도 농·축산 정책이 우선이며 그들부터 먼저 보호한다. 그래서 무슨 파동이 생길 때마다 농민이나 축산업자가 빚더미에 올라 자살한다든가 하는 일은 상상도 할 수 없다. 주식인 밀가루와 고기는 100프로 프랑스 내에서 생산된 것이며 국제적으로 긴급한 상황에 닥치더라도 남의 나라 밀가루나 고기를 살 필요가 없다. 튼튼한 농업 국가 답다. 이 나라 정치인들은 세상에서 가장 중요한 것이 돈도 핵무기도 아닌 빵이라는 것을 안다. 그들이 1순위로 보호하는 것은 패션도 향수도 에펠 탑도 아닌 농민이다. 당연한 일이다. 먹을 것을 지키지 않으면 나중에 무슨 일을 당할지 장담할 수 없다.

"여긴 유기농 농장이란다. 유기농…… 옛날엔 그런 말이 없었는데 말이다."

레몽은 아이스박스와 함께 루시가 주문한 종이 쪽지를 주인에게 주며 유기농이란 말이 참 어색하다는 듯 입맛을 다신다. 내가 어린 시절에도 유기농이란 말은 없었다. 우리 일상의 먹을거리가 그만큼 오염되었다는 것을 증명해 주는 단어다. 유기농 딱지가 없는 음식을 먹는다는 것은 농약과 비료도 양념으로 함께 먹는다는 뜻이다. 땅을 살리고 건강한 먹을거리를 생산해 내기 위해 시작된 유기농이지만 요즘은 돈 있는 이들을 위한 먹을거리로서의 이름이 되어 버렸다.

그런 의미에서 알자스에 오면 먹는 일에는 행복하고 편안해진다. 이곳에서는 국적 불명의 음식을 먹을 일이 거의 없다. 바다에서 온 것들을 제외하고는 모든 음식들이 이 지방에서 생산된 것들이다. 이곳 유기농 농장은 도살장에서 나와 잡아 준 고기를 주인이 직접 썰어서 판다. 도매가격이니 정육점에 비해 크게 비싸지도 않다. 고기 냉장고가 있는 벽에는 농장에서 더럽힌 물이 모래와 풀을 넣어 만든 자연 정화조를 몇 번 통과해 어떻게 처음처럼 깨끗한 물이 되

산속의 목장 풍경

는지 그림으로 설명해 놓았다. 그들이 만드는 치즈와 버터, 요구르트에 대한 제조 과정도 그림으로 붙어 있다. 농장집 유치원생쯤 되는 딸이 그린 듯한 그림이다. 그 옆으로는 프랑스 내에 있는 모든 유기농 농장들이 모여 벌이는 축제 포스터도 붙어 있다. 유기농 농장을 하는 사람의 꿈은 이 세상 모든 농장들이 유기농으로 가축을 기르는 것이고 그래서 유기농이란 말이 사라지는 것이다.

"한 바퀴 슬슬 돌아볼까?"

주인이 아이스박스에 주문한 고기를 담는 동안 우리는 '가장 높은 마을'을 잠시 둘러보기 위해 내려온다. 레몽은 마을 끝으로 가서 저 산 너머에 무엇이 있는지, 독일은 어디에 있는지, 전쟁 동안 독일인의 무시무시한 폭탄 세례로 벌집처럼 구멍이 뚫린 산은 어디에 있는지 등을 산 하나하나 짚어 가며 설명한다. 카페에서 나온 커다란 개가 우리를 따라온다. 레몽은 비가 내리기 시작한 줄도 모르고 전쟁 동안 빵을 사러 갔다가 폭탄 맞아 죽을 뻔한 이야기를 한다.

"총 맞아 죽어 있는 어머니 품에서 울고 있는 아이를 이 손으로 안아 올렸지."

이렇게 말할 때 그는 감정이 격해져서 목소리가 한없이 떨린다. 나는 묵묵히 땅바닥을 내려다본다. 내가 아는 종류의 봄나물은 어디에도 없다. 냉이나 쑥 같은 것들. 민들레가 있어 새순으로 샐러드를 해 먹거나 살짝 쪄서 초장에 찍어 먹으면 되겠다 싶어 몇 포기 뽑아 본다. 갑자기 등 뒤로 차가운 것이 느껴진다. 어느새 빗줄기가 굵어져서 휘몰아치고 있다. 비와 안개 때문에 산 아래 아무것도 보이지 않아 진짜 구름 속에 파묻힌 마을에 있는 듯한 느낌이다. 우리는 고기 박스를 찾기 위해 헐레벌떡 위로 뛰어 올라간다. 순식간에 비가 고여 땅이 질척거린다.

자동차 안에 들어갔을 때 이미 우리는 푹 젖어 있었다. 레몽과 나는 부르르 떨며 물기를 털어 낸다. 꼬불거리는 길을 다시 내려오면서 다시는 레몽의 차를 타지 말아야지, 하고 생각한다. 그의 운전 실력이 아까보다 더 나빠진 것 같다. 커브를 돌 때마다 불안하게 비칠거려 금방이라도 산속으로 튕겨 들 것만 같다. 어느새 산속은 캄캄해져 앞길 분간이 안 간다. 이상하게도 이곳은 왜 이렇게 밤이 빨리 오는지 모르겠다.

:

건강에 좋은 따뜻한
야채죽

"집에 가서 따뜻한 죽을 먹어야겠다. 목이 따끔거리는구나."

이 세상에서 감기를 제일 무서워하는 레몽은 비에 푹 젖었다는 것이 갑자기 걱정이 되는 모양이다. 연방 재채기를 하며 코를 푼다. 죽이라는 소리에 나도 약간 기운을 차린다. 루시가 만드는 음식 중에서 처음부터 좋아한 것이 죽이었다. 그녀는 다양한 종류의 죽을 만든다. 루시와 레몽은 점심은 고기와 야채로 차린 다양한 종류의 정식을 먹지만 저녁만은 언제나 죽이다. 루시는 텃밭에서 나는 모든 종류의 야채로 죽을 만든다. 감자, 당근, 호박, 파, 양배추, 콩, 토마토, 강낭콩 등에서부터 양배추 껍질이나 너무 거칠어 먹기 힘든 파의 질긴 부분, 호미에 잘려 나간 감자나 당근들도 모두 죽 끓이는 재료로 사용된다. 이렇게 해서 텃밭에서 나는 채소들은 버릴 것이

하나도 없다. 죽으로도 끓이지 못하는 것들은 텃밭 구석에 있는 거름통에 들어가 내년에 다시 땅으로 돌아간다.

농부들의 가족 식사를 그린 옛 그림을 보면 3대 대가족이 둘러앉은 식탁 중앙에는 늘 국자가 걸쳐진 엄청나게 큰 죽 솥이 놓여 있다. 할아버지 할머니에서부터 손자들까지 모두 함께 자기 그릇에 담긴 묽은 죽에 빵을 찍어 먹고 있다. 갓난아이를 안은 여자는 그 아이에게도 자기가 먹는 죽을 함께 먹이고 있다. 옛날에 죽은 알자스 농부 가족들에게 가장 중요한 식사였다. 지금은 전식으로 가볍게 먹는 경우가 대부분이지만 옛날에는 빽빽하게 끓여서 아침부터 저녁까지 먹는 유일한 식사였다.

그러나 요즘에는 매일 죽을 먹는 사람은 드물다. 끓이기도 귀찮은 데다 맛도 없는 음식이라고 생각하는 것 같다.

그러나 루시와 레몽의 저녁은 언제나 죽이다. 자기 전에 부드럽게 먹는 것이 좋다는 건강상의 이유 때문이기도 하지만 오랫동안 죽을 먹어 온 습관 때문에 적어도 하루에 한 번은 먹어야 한다. 루시는 간단한 방법으로 죽을 끓인다. 압력솥에 야채와 물을 넣고 뭉개질 정도로 푹 삶은 뒤 거기에 소금간을 해서 방망이 믹서기를 집어넣어 곱게 간다. 그리고 버터 한 조각을 넣어서 녹이면 끝이다.

그녀는 이것을 두 사람이 먹을 수 있는 정도의 양으로 나누어 냉동실에 넣어서 얼려 버린다. 그리고 매일 저녁 한 통씩 꺼내서 데워 먹는다. 단출한 영양식이다.

주로 감자죽, 당근죽, 파죽, 강낭콩 줄기죽, 호박죽, 셀러리죽, 토마토죽, 보리죽, 콩죽 같은 것들이다. 그 중에서 레몽이 가장 좋아하는 것은 콕 쏘는 셀러리 향이 나는 셀러리죽이다. 나는 감자죽과 콩죽

감기에 좋은 팀 줄기와,
구운 빵을 띄운 팀 수프

같은 구수한 것이 좋다. 하루
에 몇 번이고 주식으로 죽을 먹던
옛날에는 죽의 종류가 지금보다 훨씬 다양
했다고 한다. 버터죽, 우유죽, 삼겹살죽, 청어죽,
양파죽, 배추죽, 참소리쟁이죽, 생강죽, 순대죽, 쌀죽,
양귀비죽, 아몬드죽, 미나리죽, 치즈죽, 맥주죽, 포도주죽,   대
마죽……. 정말이지 눈에 보이는 건 모조리 솥에 넣어 죽으로 만들
어 버렸던 모양이다. 알자스에서는 노엘 전날에 전통적으로 체리죽
을 끓여 먹기도 했다는데 무척 로맨틱한 죽 이름이지만 맛은 별로
일 것 같다.

"감기가 들릴 것 같아. 큰일 났어."

레몽이 집으로 들어가자마자 우는 소리를 한다.

"그럴 줄 알고 이 마누라가 맛있는 치료제를 준비해 놨수다."

그녀는 오늘 저녁 생각지 않았던 죽을 끓였다. 바로 팀죽이다. 계
단을 올라올 때 맡았던 박하처럼 화하게 코를 찌르던 냄새가 바로
이 죽 냄새였구나. 지난 가을 정원에서 꺾어 말린 팀으로 끓인 죽은
온 집안에 은은한 향기를 퍼뜨리고 있었다. 죽이라기보다 건더기가
없는 멀건 것이니 수프라고 해야겠다. 로즈마린처럼 독특한 향기로
머리를 맑게 해 주어 향기 요법으로도 쓰이는 팀으로 끓인 수프는
레몽이 몸이 으슬으슬하다고 할 때면 꼭 끓여 준다. 우리가 감기 들
면 생강차를 끓이는 것과 비슷하다. 팀을 넣고 푹 끓여 물을 우려낸
뒤 체에다 건더기를 건져 내면 팀 차가 된다. 그 찻물에 버터 한 조

각을 띄우면 수프로 변신한다. 맑은 기름이 동동 뜨는 그 물을 다시 살짝 끓인 뒤 딱딱하게 굳어 버린 빵을 푹 담가 둔다. 10분 뒤, 빵은 팀 향기와 버터 기름에 젖어 부드럽게 풀려 있다.

"알자스 속담에 죽 위에서는 고양이가 누워서 잠을 잘 수도 있다는 말이 있지. 이 죽 위에 어찌 고양이가 눕겠냐만서도 그만큼 건강에 좋다는 뜻이겠지. 약이다 생각하고 먹는단다. 맛이야 뭐……."

레몽은 우리가 죽을 싫어할까 봐 변명하듯이 말한다. 안 그런 척하지만 그는 팀 수프를 무척 좋아한다. 무엇보다 팀이 우러난 물과 맑은 버터 기름에 푹 적셔진 통밀빵을 숟가락으로 건져 먹는 것을 좋아한다. 팀 냄새가 쌉싸래하게 밴 통밀빵 맛은 정말 독특하다. 한 그릇 다 비우니 거짓말처럼 기분이 산뜻해진다. 비를 맞아 온몸이 으스스할 때는 팀 수프만 한 것이 없는 듯하다.

팀 수프를 먹고 원기를 회복한 레몽은 빵과 훈제 삼겹살 한 조각을 먹고 치즈도 한 조각 먹는다. 그리고 어떤 경우에도 디저트를 빠트릴 수 없기에 콩으로 만든 요구르트를 먹는다. 그제야 힘이 좀 나는지 휴, 하고 한숨을 쉰다. 그리고 친절한 웨이터처럼 냉장고 안에 든 모든 요구르트 종류를 나열하며 하나라도 먹어 주기를 기대하는 표정으로 우리를 본다. 그가 진짜 원기를 회복했다는 뜻이다. 우리는 살구 요구르트를 먹은 뒤 설거지는 내일 아침에 하기로 하고 모두 함께 거실로 가서 저녁 뉴스를 본다.

산꼭대기 농장의 집

:

알자스에서 보는
독일 방송

뉴스가 끝나자 어느새 채널은 독일 방송으로 넘어가 있다. 이상하
게 이곳에서는 프랑스 방송보다 독일 방송이 더 깨끗하게 잡힌다.
1881년 독일군이 파리까지 쳐들어왔을 때 프랑스는 파리를 두고
간다는 조건으로 알자스와 로렌 지방을 독일에 넘겨주었다. 이렇게
해서 알자스는 파리를 건지는 인당수로 바쳐져 1919년까지 독일 식
민 아래 있었다. 프랑스의 긴 역사 동안 알자스는 수없이 독일령이
되었다가 프랑스령이 되었다가 하는 서러운 세월을 겪었다. 2차 세
계 대전 중에도 독일령으로 들어갔다. 알퐁스 도데의 『마지막 수
업』에서처럼 레몽도 학교에서 불어 대신 독일어만 배워야 하는 시
절이 있었다. 그러나 지금 그들은 우리가 일본에 그러는 것과 같은
무시무시한 적대감을 가진 것 같지는 않다. 독일을 촌구석이라 평하

며 은근히 그들의 미식을 깔보는 것이 전부다.

그러나 내가 보기엔 독일과 알자스는 닮은 구석이 많다. 알자스어도 얼핏 들으면 꼭 독일어처럼 들린다. 지리상으로 봤을 때 알자스는 보주 산맥으로 가로막힌 프랑스 중심보다는 르와르 숲을 사이에 둔 독일과 훨씬 가깝다. 말뿐만 아니라 음식도 많이 닮았다. 감자와 돼지고기를 많이 사용하는 알자스 음식은 기본적으로 독일 음식의 수수함과 닮아 있다.

물론 알자스 음식이 훨씬 다양하고 세련되었다. 내가 이런 말을 하면 알자스 사람들은 펄쩍 뛰면서 화를 낸다. 그들은 프랑스인인 동시에 알자스인이지 독일과는 어떤 닮은 구석도 없으며 더구나 음식에서 비교되는 것은 절대 받아들일 수 없다고 단언한다.

어찌 되었든 레몽과 루시는 매일 저녁 독일 방송을 본다. 유선 방송까지 되는지 독일 채널은 수십 개가 되는 듯하다. 레몽이 가장 좋아하는 것은 흘러간 음악 프로다. 도미는 레몽이 좋아하는 이런 종류의 음악을 일명 '뿜빠뿜빠'라고 부르며 슬쩍 비아냥거린다. 심벌즈와 트럼펫, 북이 어우러진 행진곡이나 춤곡들이다. 가수들은 통기

루시와 레몽의 집 : 봄

타를 치며 멋들어지게 요들송을 하고 그 앞에는 독일 전통 복장을 한 남녀가 손을 잡고 빙글빙글 춤을 춘다. 알자스 전통 의상처럼 독일 여자들의 전통 의상도 하나같이 울긋불긋한 통치마에 커다란 앞치마가 달렸다. 앞치마 때문에 전통 복장이 아니라 꼭 하녀복 같다. 노랫소리와 함께 카메라는 꽃들로 가득한 깨끗하고 아름다운 들판으로 달려간다. 레몽은 음악 참 멋지지 않느냐는 듯한 표정으로 우리를 본다. 음, 우리는 턱을 괴며 아무 대답도 하지 못한다.

"아, 이제 슬슬 자야 할 시간이군."

음악 프로가 끝나 버리자 레몽은 기지개를 켜며 일어난다. 두 늙은이는 우리 볼에 입을 맞추고 방으로 들어간다. 우리는 이리저리 채널을 돌리다 이상한 화면에서 멈춘다. 아주 초현실적인 무술을 하는 중국 영화다. 고수 대 고수의 대결. 하늘을 획획 날고 손바닥으로 강풍을 일으킨다. 붉고 푸른 원색의 휘장들이 펄럭거리고 손도 대지 않았는데 적들은 피를 토하며 쓰러진다. 과장되게 새빨간 피다. 독일인 성우가 아주 실감나게 울분을 토한다.

프랑스 텔레비전에서는 보기 힘든 비현실적이면서 과장된 아름다움이 넘치는 영화다. 어찌나 정신없이 화면 속으로 빨려 들었던지 영화가 끝나고도 움직일 수가 없다. 겨우 고개를 돌리니 벽에 밴 팀 냄새가 살짝 느껴진다. 그제야 정신을 차리고 일어나 화장실로 간다.

아침은 프랑스식으로 하세요

조금 굳은 빵과 치커리 커피 그리고 과일 잼

조금 굳은 빵과 치커리 커피
그리고 과일 잼

나는 프랑스식 아침 식사를 좋아한다. 무엇보다 아침부터 부엌에 들어가 볶고 삶고 하는 일을 하지 않아서 좋다. 오후에 들을 땐 정 겨운 도마 소리도 아침에 들으면 머리가 쪼개질 것 같다. 부글부글 끓으며 퍼지는 찌개 냄새도 싫다. 이제 금방 눈 떴는데 얼큰한 음식 냄새 맡으면 살기도 전에 벌써 인생에 지치는 기분이 든다. 밥이나 나물 같은 음식물을 꼭꼭 씹기도 귀찮다. 젓가락 숟가락질도 피곤 하다. 밤새 이불 속에서 누렸던 따뜻함을 그대로 간직하며 쾌적하 게 아침을 맞이하기에는 연하게 태운 커피에 바싹 구워 버터를 바 른 빵 두어 조각이면 된다. 가장 매력적인 식탁이다. 잠옷 바람으로 커피를 마시며 천천히 잠을 깰 수 있는 루시 부엌에서의 아침 식사 는 늘 나를 편하게 해 준다. 무엇보다 안주인이 부엌일을 하지 않아

아침에 마시는 연한 원두커피.
커피가 싫다면 치커리 뿌리로 만든 커피를 마신다

서 좋다.

"아침부터 밥을 먹는다고? 거짓말이겠지."

루시는 커튼 틈 사이로 창밖을 보며 못 믿겠다는 듯이 말한다. 사실 프랑스에 산다고 모두들 프랑스식으로 음식을 먹는 것은 아니다. 파리에 와서 처음 한 달 간 대학 기숙사에서 생활한 적이 있다. 건물 2층에 부엌이 있었는데 저녁이면 학생들이 냄비나 팬을 들고 와서 요리를 하곤 했다. 세상에 그렇게 다양한 음식들이 있다는 것이 놀라웠다. 아프리카 여자는 밀가루도 아닌 알 수 없는 흰 가루로 죽을 쑤었고, 이탈리아 남자는 통조림 강낭콩에 통조림 토마토를 섞어 팬에다 볶았다. 아랍 남자는 무지하게 큰 고추를 호박이나 당근과 함께 삶았고, 중국 남자는 돼지고기 비계를 간장에 조렸다. 같은 건물에 살면서도 저녁이면 모두들 자기 나라에서 먹던 식으로 다른 냄새를 풍기며 음식을 해 먹었다. 그러나 아침만은 대부분 프랑스식으

시장 빵 가게에서 내놓은 브레첼

로 먹었다. '프랑스식 아침'이란 커피와 버터, 잼, 그리고 빵이 전부인 간단한 메뉴다. 간혹 주스나 요구르트가 첨가 되기도 한다.

그러나 예외인 사람이 둘 있었는데 한국 남자와 중국 여자였다. 한국 남학 생은 매일 아침 된장국을 끓였고 중국 여자는 여러 종류의 만두와 볶음밥을 전자레인지에 데웠다. 된장찌개는 말할 것 없지만 새우나 돼지고기가 들어간 중국 만두를 데울 때의 냄새는 참 엄청나다. 아침에 그 냄새는 더 지독하 게 느껴진다. 이들 둘이 아침에 부엌으로 나타나면 이탈리아나 프랑 스 학생들은 악 소리를 내면서 얼른 커피 물을 끓여 도망쳐 버렸다. 이윽고 된장찌개와 만두 찌는 냄새가 부엌을 나서 건물 복도를 따 라 솔솔 퍼지기 시작하면 모두들 아우성을 쳤다. 가스실에라도 갇 힌 것처럼 방문을 쾅쾅 두드리며 괴로워하는 학생들도 있었다.

"치커리 먹으련, 원두커피 먹으련?"

아침 식탁은 주로 레몽이 준비한다. 그는 커피포트에 물을 끓이 고 커다란 사발에 치커리 가루를 듬뿍 담는다. 치커리 뿌리를 볶아 가루로 만든 이 커피는 원두커피보다 훨씬 구수하고 부드럽다. 치커 리 뿌리에서 커피 맛이 나는 것에 고안해 카페인을 싫어하는 사람 들을 위해 만들어진 커피 대안 음료다. 커피보다 건강에도 좋다. 물을 부었을 때 갈색 커피 거품까지 부드럽게 일어서 이곳에 오면 나는 그들과 함께 치커리를 마신다.

"아침에 새로 산 빵을 먹을래, 그저께 산 빵을 먹을래?"

언제나처럼 레몽은 질문이 많다. 루시와 레몽은 갓 구운 빵보다 이틀쯤 지난 빵을 더 좋아한다. 한국식으로 말하자면 식은 밥을 선호하는 머슴 식성이다. 금방 산 빵은 헝겊 가방에 담아 식료품 창고에 하루나 이틀 보관한다. 그리고 그것이 좀 딱딱하고 눅눅해지면 먹기 시작한다. 빵 가게로 가기 위해 아침 이불을 박찰 용기가 없어서 따뜻한 빵을 못 먹는 우리로서는 이해할 수 없는 식성이다.

"어릴 때부터 딱딱한 빵만 먹어 온 습관 때문이지."

레몽의 어린 시절엔 무지하게 큰 빵을 사서 일주일 내내 빚어 먹었다고 한다. 마지막엔 빵이 나무토막처럼 딱딱해지는데 이것을 수프에 넣어 푹 불려 먹으면 일품이라고 한다. 루시는 주로 '시골빵'이라는 이름의 빵을 산다. 예전에 시골에서 주로 먹던 빵이어서 그렇게 불렀는데 이제 그것이 정식 이름이 되었다.

둥글넓적하게 생긴 이 '시골빵'은 껍질이 두껍고 속살이 많아 오래 두어도 잘 굳어지지 않는다. 매일같이 새로운 빵을 사는 것은 도시 사람들의 습관이다. 그들을 위한 대표적인 빵이 바게트다.

시골 사람들은 바게트를 먹지 않는다. 너무 빨리 말라 버리는 데다 껍질이 너무 많고

루시가 주로 사는 빵

속에 붙은 흰 속살이 너무 얇기 때문이다. 바게트는 그날 저녁에 사서 바로 다 먹든지 적어도 다음날 아침에는 모두 먹어야 한다. 하룻밤만 지나도 껍데기에 습기가 스며들거나 막대기처럼 딱딱하게 말라 버린다. 그야말로 아침에 태어나서 저녁에 죽어 버리는 빵이다. 시골에서는 이렇게 다루기 힘든 섬세한 빵을 좋아하지 않는다. 바게트가 있긴 하지만 도시보다 훨씬 짧고 뚱뚱하다. 바삭거림도 덜 하다. 빵은 바삭거리며 노래해야 한다는 것도 도시 사람들의 미식이

시장에서 파는 큰 빵.
산속 옛 농부들은 일주일 치 식량에 대비해 이렇게 긴 빵을 샀다

다. 시골 사람들은 파리지엥들의 사소한 행복 중의 하나가 바게트를 맛있게 굽는 빵 가게가 있는 동네에 사는 것이라는 것을 이해하지 못한다.

"뭘 그렇게 살피고 그래? 원, 이제 그만해."

레몽이 커튼 뒤에 숨어 창밖을 보는 루시에 핀잔을 준다.

"쟈크 좀 봐요. 어제 외박했나 봐요. 정말이지……."

루시가 입을 삐죽거린다. 쟈크는 이웃집 아저씨다. 알제리 전쟁에서 다리에 총알을 맞아 한쪽 다리를 저는 이 아저씨는 2년 전에 부인을 잃었다. 그런데 몇 개월 전부터 한 할머니와 사랑에 빠져 열심히 그 할머니 집을 들락거리고 있다고 한다. 지난번 밸런타인데이 때도 스위스 쪽의 조용한 숲 속에 있는 호텔에서 하루를 쉬고 왔다나……. 프랑스 사람이 타인에게 별 관심이 없다는 것은 파리에서나 통하는 말이다. 이곳에서는 이웃집 오븐 속에 무슨 빵이 익어 가는지까지 다 안다. 루시는 이웃집 아저씨가 죽은 부인에게 정절을 지키지 않는 것이 너무 괘씸한 모양이다.

"큼수는 잘 지내겠지?"

레몽이 갑자기 내게 이런 질문을 던진다.

"큼수?"

"그래, 너희 친정 어머님 말이다. 큼수 맞잖아."

"큼수가 아니라 금순인데요."

"그래 큼수우."

친정 어머니는 내가 결혼할 때 알자스에 한 번 오셨다. 볼에다 뽀뽀를 하는 프랑스식 인사법 때문에 진땀을 많이 흘리고 가셨다. 결혼식 날 100여 명의 초대객들이 어머니에게 다가와 볼에 대고 쪽쪽 소리를 내며 뽀뽀를 하기 시작하자 어머니는 어쩔 줄 몰라 했다. 뽀뽀를 안 하려고 몸을 움츠리고 고개를 비틀어도 소용없었다. 뒷걸음질해도 소용없었다. 모두들 벙글벙글 웃으며 어머니 어깨를 꽉 잡아당기며 볼을 비비며 뽀뽀를 했다.

"안 하려고 그렇게 몸부림을 쳐도 안 되더라. 팔십둘이나 되더라. 내가 나중에 다 세어 봤다. 원, 여자들이라고는 홀떡 벗고 나와서 부끄럽지도 않나 보더라. 한복 입은 사람은 아무도 없데? 뽀뽀를 하는데 어떤 인간들은 내 입 여기까지 와서 쭉쭉 소리를 내면서 침을 묻히는데 진짜 쑹악했다. 그게 그쪽 사람들 전통이라며? 참 점잖지 못한 전통이재?"

이렇게 해서 어머니는 충격적이면서도 즐거운 추억거리 하나를 가지게 되었다. 그때 우리는 어머니가 맞춰 준 한복을 입고 결혼했는데 루시는 몹시 불안해했다. 이웃 사람들이 이 얄궂은 옷에 대해서 어떻게 말들 할지, 괴상한 신랑 신부로 비춰지지는 않을지 두려워했다. 도미가 한복 바지저고리를 입고 내려왔을 때 실비의 막내딸이 '삼촌, 왜 잠옷 바지를 입고 그래.' 이 한 마디에 더욱 전전긍긍했다. 프랑스인이 똑같은 것을 싫어하는 개성파라는 것도 파리지엥에게나 해당하는 말이다. 이런 시골에서는 조금이라도 튀거나 남과 같지 않으면 동네가 들썩거린다. 내가 찢어진 청바지라도 입고 돌아다니면 루시는 질색을 한다. 기워 줄 테니 당장 벗어 달라고 애원을 하며 따라다닌다.

"이런 제기랄. 또 흘렸잖아."

빵에서 흘러내린 잼 때문에 레몽의 바지가 더러워졌다. 월귤나무 잼이다. 전나무 숲 아래 납작하게 붙어 자라는 이 야생 월귤나무는 콩알만 한 열매를 일일이 손으로 따야 하기 때문에 잼을 만들기 위해서는 여간 수고로운 것이 아니다. 그러나 딸기나 복숭아 잼처럼 끈적끈적함이 없이 짙고 흥건한 즙의 형태를 띤 검보라빛 잼이다. 나는 들장미 잼과 이 월귤나무 잼을 가장 좋아한다. 이 잼을 먹을 때는 특별히 조심해야 한다. 한순간 방심하면 빵에 바른 잼 알갱이가 국물과 함께 도르르 떨어져 옷을 더럽히고 만다. 이 검보라빛 과일 물은 한 번 물들면 잘 지워지지도 않는다.

"너희는 이 빵을 먹지 그러냐."

레몽은 우리를 향해 오늘 아침에 사 온 빵을 자꾸 내민다. 그리고 자신은 막 굳어 가기 시작하는 빵에 버터와 잼을 듬뿍 발라 그것을 치커리 커피에 푹 적신다. 그러자 커피 물에 버터가 녹아 기름이 둥둥 뜬다. 월귤나무 열매도 몇 개 떨어져 무척 지저분한 커피가 되어 버렸다. 그런데 그는 그것이 정말 맛있나 보다. 젖어 흐물흐물해진 빵이 커피 사발 안으로 떨어질까 봐 얼른 입 안으로 넣는다. 만족스러운 표정이다. 그렇게 먹으면 아주 맛있으니 나보고도 한번 해 보란다. 그래서 시키는 대로 한번 해 본다. 생각했던 것보다 맛이 괜찮다.

아침 일찍 집 밖으로 나가는 것을 좋아하지 않지만 한국에서 친구가 오면 새벽부터 빵집으로 달려가곤 한다. 속살이 촉촉한 갓 구

개암 열매와 치즈를 넣어 구운 빵,
부드럽고 새콤한 나무딸기 잼

운 바게트와 함께, 켜켜이 버터가 녹아 파도처럼 부푼 초승달 모양
의 크루아상을 사기 위해서다. 커피를 끓이고 피레네 들판의 야생
풀을 먹고 자란 소의 우유로 만든 꽃 냄새 나는 버터와 과일 잼을
곁들인 '프랑스식 아침'을 차리면 친구들은 나의 정성에 감복해서
빵을 한 조각 정도 먹어 준다. 그런 뒤 덧붙이는 말이 가관이다. 그
런데 아침밥은 언제 먹을 거냐는 것이다. 금방 먹은 빵이 아침이었
다고 하면 '택도 없다!' 하고 고개를 젓는다. 그리고 내가 또 빵을
들이댈까 봐 다음날엔 나보다 더 일찍 일어나 밥해 놓고 김치찌개
얼큰하게 끓여 놓고 '진짜 밥'해 놨다, 하면서 나를 흔들어 깨운다.

프랑스식 아침 식사를 하다가 영양 결핍에 걸리지 않을까 걱정할 필요는 없다. 우유로 만든 버터에는 지방과 칼슘이 들어 있고 잼에는 비타민이 듬뿍 들어 있다. 그리고 한 끼에 필요한 탄수화물은 통밀빵으로 채우면 된다. 거기다 한 사발 가득 먹는 커피는 아침 기분을 맑게 해 주는 것은 물론 수분도 공급해 준다. 그래도 모자란다는 생각이 든다면 요구르트나 생치즈를 곁들여 먹을 수도 있을 것이다. 아무튼 이 나라에 누군가 온다면 나는 첫 번째로 이렇게 권해 주고 싶다.

"아침은 프랑스식으로 하세요."

보주 산맥에서 사는
농부의 인생

알자스 치즈 '뮌스터'를 만들었던 할아버지의 인생

산속 농가 식당에서 먹는 알자스 농부의 일요일 음식

알자스 치즈 '뮌스터'를 만들었던
할아버지의 인생

중세 시대 농부들은 자기 땅이 없었다. 영주의 땅을 경작하며 수확물의 대부분을 바치고 남은 것으로 생활했다. 그 양은 겨우 입에 풀칠할 정도였지, 시장에 내다 팔아서 생활에 보태 쓸 정도는 못 되었다. 보주 산맥 골골이 작은 산속에도 아주 옛날부터 가난한 농부들이 살아왔다. 중세 시대가 지나고 산업혁명이 끝난 뒤 도시와 농촌에 급속한 계급의 변화가 있었지만 산속의 농부들은 여전히 가난을 대물림하면서 살아왔다. 홀로 지어진 산속의 외딴집에서 그들은 약간의 감자를 경작하며 몇 마리의 소를 길렀다. 감자는 주식이었고 우유로 치즈를 만들어 팔아 생필품을 샀다. 그들이 만든 치즈는 도시에 사는 부자들을 위한 것이었다.

치즈나 우유, 버터, 생크림 같은 것들은 모두 부자들을 위한 음식

드문드문 떨어져 지어진 옛 농가들

산속목장을
노니는 젖소들

이었다.

사람들은 생일이나 잔칫날 치즈 선물을 많이 받을수록 좋아했다고 한다. 치즈 만드는 농부들 자신은 치즈를 만들고 남은 우유 맛이 조금 나는 멀건 국물이나 마실 수 있었다. 그 외 귀리나 수수와 같은 곡물에 야채를 넣어 밤새 끓인 죽을 주식으로 먹었다는 것 외에 그 당시의 농부들이 정확하게 무엇을 어떻게 요리해 먹었는지에 대해서는 알 수가 없다.

역사가들은 귀족들의 메뉴에 대해서는 세심하게 기록했지만 농부들의 먹을거리에 대해서는 크게 언급하지 않았다. 어떤 사람들은 언급할 거리도 없이 먹을거리가 변변찮았을 것이라고 단정해 버린다.

레몽의 할아버지 또한 이 보주 산맥 한 모퉁이 외딴집에서 조상 대대로 농부로서의 가난한 삶을 물려받았다. 그는 몇 마리의 소를 기르며 그 젖을 짜 '뮌스터'라는 알자스 치즈를 만들었고 슬하에 딸둘 아들 하나를 낳았다. 그 아들은 아버지가 기르던 젖소를 물려받아 젖을 짜 팔았고 감자를 경작했다. 일주일에 한 번씩 산을 내려와 커피나 설탕, 밀가루와 같은 생필품을 사서 다시 농장으로 올라가 소를 돌보는 것이 그의 인생이었다. 산에서 내려와 마을에 살고 싶어도 소젖만 만지고 살았던 사람이라 어떻게 해야 되는지 몰랐다. 결국 산 너머 처녀를 만나 결혼을 한 뒤 레몽을 낳은 것이 계기가 되어 마을 아래로 내려와 정착하게 되었다. 이것이 레몽의 가족사이다.

식구를 거느리고 마을로 내려왔지만 인생이 크게 달라지지는 않았다. 그는 여전히 감자를 경작했고 소젖을 짰다. 그리고 여름과 가을에는 들판의 열매들을 따서 독한 술인 쉬납스를 만들었다. 아침 일찍 진하게 끓인 수프를 먹고 들판으로 나갔다가 집으로 와 역시 점심 밥 먹기 전에 꼭 수프를 먹었다. 그리고 다시 들판으로 나갔다가 저녁에는 밀크 커피와 함께 뮌스터 치즈를 먹은 뒤 자기 전에 다시 한 번 더 수프를 먹었다. 그에게서 수프 없는 식사는 생각도 할 수 없다. 그뿐만 아니라 동네 사람들 모두가 그랬다고 한다. 마을 사람들이 단체로 여행이라도 떠나서 수프 없이 바로 음식이 나오면 무슨 이런 식당이 다 있냐고 분개한다. 수프도 안 주는 레스토랑에 가서 왜 돈을 주고 밥을 먹느냐며 동네 사람들은 단체 여행을 떠날 때 수프를 먹을 수 있는 레스토랑을 의무화시켰다.

산속 농가 식당에서 먹는
알자스 농부의 일요일 음식

"오늘 점심은 외식을 하자."

아침 식사가 끝날 무렵 레몽이 이런 제의를 한다. 평소 그는 외식을 썩 좋아하지 않는다. 우선 비싸기 때문이다. 그리고 집에서 먹는 것보다 별로 맛도 없고 편하지도 않다는 것이다. 그러나 이렇게 날씨가 좋은 봄날은 예외가 될 수 있다. 그는 산 위에 있는 농가에서 하는 식당에 예약 전화를 건다. 그들이 좋아하는 수수한 식당이다. 특히 수프가 맛있는 집이다. 이제 산속도 예전보다 많이 변했다. 더이상 가난한 농부들이 사는 집은 없다. 대대로 널찍한 땅을 물려받은 경우에는 지금도 여전히 옛날처럼 농장을 하는 경우도 많지만 많은 집들이 개조되어 산속에 조용히 쉬고 싶어하는 도시 사람들을 위한 민박집을 한다. 우리도 늘 산꼭대기 그런 농가 하나 사서 민박 겸 식당을 해 볼 꿈을 꾸곤 한다.

마당은 이렇게, 다락은 저렇게, 아침 식사는 이런 스타일로…….
현실적으로 농가는 꿈도 꿀 수 없는 비싼 가격이다. 오늘 오후에 점
심을 먹기로 한 집은 직접 소를 키우고 치즈를 만들며 농사를 짓는
사람들이다. 그래서 그 집에서 먹는 것은 모두 그 집 농장에서 나온
것이다. 겨울 동안에 문을 닫았다가 눈이 녹으면서 새로이 문을 연
것이다.

"일기예보를 들어보련?"

레몽이 일기예보를 듣기 위해 전화를 돌린다. 이미 그는 몇 번이
나 듣고 또 들었을 것이다. 오후 산속 날씨가 아주 화창하리라는 것
을 이미 다 알고 있으면서 우리로 하여금 또 듣게 만든다. 식당에서
점심을 먹게 되면 늘 배가 터지게 먹기 때문에 식사 후 산책은 디저
트보다 더 중요한 목록이다. 그래서 날씨가 나쁜 날에는 절대 외식
을 하지 않는다.

해발 950미터 산속에 자리한 이 식당은 등산객들의 쉼터와 같다.
뒤로는 병풍처럼 산으로 둘러싸여 있고 앞으로는 소들이 풀을 뜯고
있는 탁 트인 전망이다. 음식은 평소 집에서 먹는 것처럼 수수한 편
이다. 계절에 따라 수프와 디저트 종류가 다르게 나오지만 언제나
옛날 알자스 농부들이 즐겨 먹었던 향토 음식들이다. 그 집으로 갈
때는 배가 무척 고파야 한다. 무엇보다 양이 엄청나다. 그리고 가격
도 저 아랫동네 레스토랑들보다 훨씬 싸다. 그리고 가장 중요한 것
은 무척 맛있다는 것이다. 분위기도 화기애애하다.

식당으로 들어가니 감자 삶는 냄새가 구수하게 진동하고 벌써 사람들로 북적거린다. 그러고 보니 일요일이다. 이곳 사람들은 옛날이나 지금이나 일요일엔 모처럼 실컷 먹고 편안하게 쉬어 보자는 습관이 있다. 일요일엔 평소보다 더 맛있는 것을 먹고 마시고 더 즐겁게 보내야 한다. 일요일 점심이 빈곤하면 모두들 우울하고 의기소침해진다.

그래서 아무리 바쁜 주부라도 일요일엔 식구들을 위해 파이를 굽고 특별 음식을 준비해야 한다. 그렇게 할 시간이 없으면 모두 나와서 이렇게 외식이라도 해야 한다.

우리는 전식부터 후식까지 모두 나오는 세트 메뉴를 선택한다. 가장 먼저 수프가 나온다. 레몽이 좋아하는 맑은 하얀색 셀러리 뿌리 수프다. 콕 쏘는 셀러리 냄새가 식욕을 당기게 한다. 큰 양푼에 가득 담겨 나온 수프는 얼마나 양이 많은지 네 사람이 한 그릇씩 가득 먹고도 반이 남는다. 그렇지만 수프를 두 그릇 먹으면 큰일 난다. 뒤이어 나올 음식을 먹는 데 지장이 생긴다. 이어서 여러 가지

향기 나는 풀들을 짓이긴 돼지
고기를 파이로 만들어 오븐에
구운 투르트tourte 가 나온다.
이 파이의 특징은 껍질은 과자
처럼 바싹바싹한데 그 안에 든

돼지고기 파이 투르트

돼지고기는 부드럽고 촉촉하다는 것이다.

어떻게 돼지고기로 바싹바싹한 파이를 구울 생각을 했는지 놀랍다.

"계속 먹을 수 있어요?"

돼지고기 파이를 한 접시 먹고 나니 벌써 배가 부르다. 다른 사람
들은 느긋하게 리슬링 백포도주로 위장을 쓸어내리며 다음 음식이
나오기를 기다린다. 이윽고 크림과 버터를 넣어 부드럽게 으깬 삶은
감자와 훈제 돼지고기 목살이 나오자 그들은 만족스러운 얼굴에
침착한 손길로 음식을 덜어 간다. 옆에 앉은 네 사람의 할머니 할아
버지들도 우리와 똑같은 메뉴를 시켜 한 조각도 남기지 않고 다 먹
고 있는 중이다. 정말 놀랍다. 역시 가르강튀아의 후예들답다. 이 아

부드럽게 으깬 감자와 돼지고기

이는 어쩌나 먹성이 좋은지 태어나면서부터 하루에 송아지 대여섯 마리에 양 서너 마리와 우유도 5리터를 거뜬히 먹어 치웠다고 한다. 예전에 가르강튀아 이야기를 읽었을 때는 못 먹던 시절 실컷 먹고 싶은 욕망이 낳은 상상이라고 생각했다. 그런데 이들과 함께 음식을 먹다 보면 진짜 이야기다. 하루에 소 한 마리는 먹을 수 있을 것만 같은 식성들이다. 나도 질 수 없다는 각오로 음식을 덜어 온다. 못 먹을 것 같았는데 또 들어간다. 맛있다는 생각까지 하면서 먹는다. 이 돼지고기는 파이로 구운 것과는 다르게 향긋하게 훈제 물이 배어 쫄깃쫄깃하다. 그리고 버터를 녹여서 생크림과 함께 으깬 감자는 부드러워서 그냥 넘어간다.

"오, 레몽!"

본식을 끝낸 뒤 프랑스 치즈 중에 냄새가 지독하기로 가장 유명한 알자스 치즈 '뮌스터'를 빵과 함께 먹는데 누군가 다가와 인사를 한다. 레몽의 옛날 직장 동료다. 그는 아내와 아들딸 손자들까지 모두 함께다. 모두들 악수하고 뽀뽀하며 부산을 떠는 사이 나는 부른 배를 만지며 잠시 휴식을 취한다. 그러면서도 디저트는 무엇을 먹을까 연구하고 있다. 내 위장도 어지간히 단련되었나 보다. 레몽과 그의 옛 동료는 한참 동안 이야기를 한다. 옛 동료들의 안부가 줄줄이 나온다.

열네 살이 되었을 때 레몽은 생애 첫 직업을 가졌다. 소 젖 짜는 아버지와 감자 밭을 경작하면서 그가 깨달은 것은 절대 농부가 되지 않겠다는 것이었다. 그는 취직이 하고 싶었고 월급을 받고 싶었다. 그래서 새벽 신문 배달원이 되었다. 그때 맺은 첫 인연이 평생 직업으로 이어졌다. 5년 동안 하루도 빠지지 않고 새벽 신문을 돌렸고 신문사에서 주는 성실상 훈장도 받았다. 정직과 성실함을 높이 산 신문사는 그가 성인이 되었을 때 보급소 관리인으로 정식 채용했다. 그래서 그는 고정 월급을 받고 유급 바캉스를 떠날 수 있는 샐러리맨이 되었다. 단 한 개의 보급소에서 시작한 것이 45년 뒤에는 알자스 반 이상의 보급소를 관리하는 관리소장이 되어 퇴직했다. 그의 성격대로 단순하고 충직한 스타일의 직장 생활이었다.

"버찌 술을 넣은 신선한 치즈."

디저트를 주문하는데 돌아갔던 레몽의 직장 동료가 다시 돌아온다. 가다 보니 갑자기 해야 할 이야기가 더 생각난 모양이다. 그런데 이번에는 레몽과 루시의 초등학교 동창들까지 합세를 한다. 이야기가 이야기를 물고 또 물고 도무지 떠날 생각을 않는다. 모두들 푸짐한 음식과 적당한 술을 마셔서 얼굴들이 불그스레하고 건강해 보인다. 식당이 아니라 맘씨 좋은 삼촌 집 결혼식에 온 것만 같다. 이윽고

버찌 술을 넣은 뮌스터 치즈

디저트가 나오자 모두들 안녕 안녕, 몇 번이나 중얼거리며 악수하고 뽀뽀를 하더니 사라진다. 문밖으로 나가는가 싶더니 다시 돌아와 한참 더 떠들다가 진짜 안녕 안녕, 깔깔 웃으며 사라진다.

나는 독한 버찌 술을 넣은 치즈를 먹으며 웃는다. 이 치즈는 꼭 순두부처럼 부드럽다. 치즈에 독주를 뿌려 먹을 생각을 했다니 농부가 아니라면 불가능했을 것이라는 생각이 든다. 일요일 날 편안하게 실컷 포식을 하고 난 뒤 몸이 무거워졌을 때 디저트에 독한 술이라도 넣어 먹지 않으면 다시 농장을 둘러볼 힘이 나지 않았을 것이다. 나 또한 치즈 속에 든 독주를 마시니 갑자기 음식 먹는 꿈에서 깨어난 것처럼 움직일 기운이 생긴다. 레몽과 루시가 이번에는 식당 주인과 한참 이야기를 나누는 동안 우리는 현관 벽에 붙은 식당 주변 산책로 지도를 보면서 기다린다. 밖에는 오후 햇살이 눈부시다.

"우리는 저쪽으로 가자꾸나."

식당에서 나온 레몽이 햇빛이 사라질세라 바쁘게 우리를 재촉한다. 햇살이 더없이 따뜻한 날이다. 바람도 없다. 두 노인네는 우리 앞에서 손을 꼭 잡고 두런두런 이야기를 나누며 걸어간다. 꼭 의좋은 남매 같다. 루시는 발목 관절염 때문에 다리를 약간 전다. 오늘 아침엔 간호사가 와서 통증 완화 주사를 놓고 갔다. 아침보다 그녀의 얼굴이 훨씬 좋아 보인다. 그녀도 이렇게 가끔 부엌에서 해방되어야 한다.

"어, 여기가 어디죠?"

어떻게 걷다 보니 우리는 레몽이 태어났던 집까지 와 버렸다. 그는 이미 알고 이 길을 택했던 것 같다. 언덕길에 기대어 별 치장 없이 단순하게 지어진 기와집이다. 산속의 이 옛날 집들은 눈보라와 추위를 피하기 위해 언덕에 기대어 텐트를 친 것처럼 널찍한 지붕으로 덮여 있다. 1층엔 가축이 살았고 2층엔 사람이 살았다. 뒤에서 보면 언덕길에서 다락방 문으로 바로 들어갈 수 있도록 작은 다리로 연결되어 있다. 이 다락방에는 가축들을 위한 겨울 양식인 마른 풀들을 넣어 두었는데 아래층처럼 칸을 지르지 않아 축구를 할 만큼 넓다고 한다. 언덕길과 다락방 문이 연결된 작은 다리가 별 장식 없이 튼튼한 시골집에 로맨틱한 운치를 준다. 레몽은 무슨 생각에 잠겼는데 무심하게 서서 지붕을 바라본다. 루시가 어깨를 으쓱하며 이렇게 말한다.

"내가 태어난 집은 전쟁통에 폭탄에 맞아 완전히 사라져 버렸단다."

외로이 서있는
산속의 농가

　　루시와 레몽의 집 : 봄

루시의 부엌과
레몽의 다락방

레오나르도 다 빈치의 꿈을 이룬 부엌

4대 가족 박물관

레오나르도 다 빈치의
꿈을 이룬 부엌

화가보다 어쩌면 요리사가 될 뻔했던 레오나르도 다 빈치는 이상적인 주방을 이렇게 표현했다. '우선 불씨를 꺼뜨리지 않고 항상 보존해야 한다. 그리고 끓는 물도 언제나 준비되어 있어야 한다. 주방 바닥은 항시 청결해야 한다. 설거지 기구, 빨는 기구, 자르거나 껍질을 벗기는 데 유용한 온갖 종류의 칼도 구비되어 있어야 한다. 김, 연기, 냄새를 제거하여 쾌적한 주방 분위기를 만들 수 있는 기구도 필수 요건이다. 음악도 있어야 한다. 음악이 있는 곳에서는 사람들이 더욱 열심히, 기분 좋게 일하기 때문이다. 마지막으로 먹는 물을 담아 두는 물통에서 개구리를 쫓아낼 수 있는 기구도 필요하다.(레오나르도 다 빈치,『한 천재의 은밀한 취미』, 책이 있는 마을, 2002)'

1400여 년대였으니 사람들이 칼과 냄비로만 요리를 하던 시절이었다. 다 빈치처럼 요리를 좋아하는 사람일수록 쾌적한 주방에 대한 꿈이 간절하며 온갖 종류의 칼과 필요한 기계들이 준비된 이상적인 부엌에 들어섰을 때는 행복감을 느낀다.

다 빈치가 이상적인 주방을 위해 발명한 도구들을 보면 정말 웃음을 참을 수 없다. 톱니바퀴가 움직이면서 작동되도록 만든 반자동 북, 식수통에 들어온 개구리 머리를 의식을 잃을 때까지 치게 만든 반자동 망치, 소를 잡는 기구, 여섯 명의 일꾼이 붙어 돌려야 하는 냅킨을 말리기 위한 회전식 건조대, 호두 까는 기계, 삶은 계란을 균등하게 자르는 장치, 스파게티 면발 뽑는 장치 등등. 여덟 개의 화덕이 있는 이상적인 주방을 꿈꾼 레오나르도의 발명품들의 문제는 그 기계를 돌리기 위해 너무나 많은 사람이 필요하다는 것이다. 20명만 있어도 충분한 주방인데 그가 노동력을 아끼기 위해 발명한 기계들을 돌리기 위해서는 무려 100여 명이나 되는 사람들이 필요했다고 한다.

루시의 부엌에 다 빈치가 온다면 어떤 평가를 내릴까. 그가 그토록 발명하고자 했던 모든 기구들이 자그마하면서도 실용적으로 설계되어 부엌 곳곳에 있는 것을 발견하고 깜짝 놀랄지도 모르겠다. 교회 벽에 걸릴 「그리스도의 세례」의 천사를 그리다 붓을 팽개치고 피렌체의 한 식당에서 평생 주방지기로 보낼 결심을 하며 온갖 혁신적인 요리를 개발하기에 심취했던 것처럼 어쩌면 이 쾌

리슬링 백포도주를 넣어 조리는 닭고기

적한 주방이 마음에 들어 슬며시 앞치마를 두를지도 모른다. 그리
고 그만의 비장의 요리, 올챙이나 개구리 수프, 식초에 담근 새, 동
면 쥐 요리 같은 지금으로서는 생각지도 못할 환상적인 요리로 우
리를 깜짝 놀라게 하지나 않을까.

그러면 루시는 그런 음식으로는 절대로 사람들 배를 채울 수 없
다며 자신의 요리를 다 빈치 앞에 펼쳐 보일 것이다. 삶은 감자와
푸짐한 고기, 양배추 샐러드, 혹은 여러 가지 야채를 넣어 삶은 죽
과 같은 것들.

그녀의 요리는 화려하지도 이색적이지도 않다. 양념을 별로 하지
않아 담백하고 단순하다. 식는 것을 방지하기 위해 요리한 냄비나
팬 채로 식탁으로 들고 온다. 냄비나 팬이 엄청나게 무거운 것에 비
해 접시는 잘 깨지지 않는 얇고 가벼운 것이다. 실용적인 접시지만
운치가 있거나 멋스럽지는 않다.

계란으로 지진 우유빵, 레몽이 좋아하는 '엄마 요리'

　그녀는 부엌 살림에 크게 모양을 내지 않는다. 그러나 다 빈치의
바람대로 언제고 즉시 물을 끓일 수 있는 절대 불씨가 꺼지는 법이
없는 네 개의 화덕, 가스레인지가 있고 주방 바닥은 말할 것 없이
청결하다.

　온갖 종류의 칼은 물론 온갖 종류의 솥이 있고 냄새를 제거하는
팬이 달린 오븐도 있다. 밀가루를 반죽하는 조그맣고 힘이 센 독일
기계도 있고 일하면서 음악을 들을 수 있는 라디오도 준비되어 있
다. 개구리를 쫓아낼 기구는 없지만 개미 새끼 한 마리라도 쫓아낼
준비가 된 레몽이 있다.

　아마도 이 부엌에서 그녀의 반평생이 흘러갔을 것이다. 재봉틀 바
느질은 물론 우편물을 읽고 답장을 하고 방문객들과 차를 마시는
곳도 부엌이다. 완벽하게 그녀가 주인인 그녀만의 공간이다. 그래서
그녀의 성향을 금방 엿볼 수 있는 곳이다. 부엌문 위에는 십자가에

매달린 조그만 예수상이 걸려 있고 수수한 찬장 위에는 옛 알자스 전통 물병들이 진열되어 있다. 식탁 옆 벽에는 새가 그려진 옛날 접시들과 레몽이 만든 액자들, 태국 여행에서 주워 온 무지하게 커다란 마른 콩깍지, 마른 꽃으로 장식한 꽃바구니 같은 것들이 걸려 있다. 싱크대 옆에는 자그마한 선인장 화분이 있고 찬장 장식대에는 손자들 사진과 가족들이 여행지에서 보낸 우편엽서들이 붙어 있다. 루시는 이 사진들을 보면서 빵 반죽을 밀고 감자 껍질을 벗기며 남편이 좋아할 만한 건강식을 만든다.

"어, 레몽이 좋아하는 걸 하시네요."

레몽이 가장 좋아하는 것은 초콜릿과 초콜릿이 들어간 모든 종류의 비스킷, 과일로 구운 파이와 같은 디저트들이다. 그리고 음식으로는 닭똥집과 닭 날개를 좋아한다. 오늘 루시는 레몽이 좋아하는 올리브 기름에 조린 닭 요리를 한다. 이것을 먹을 때 꼭 있어야 하는 것은 우유빵 요리다. 썰지 않은 우유빵을 북북 찢어 거기에 우유를 뿌려 적셔 둔 뒤 잘게 썬 파와 계란으로 슬쩍 버무려 기름에 지지는 요리다. 이 요리는 알자스 요리도 아니고 이름도 없다. 레몽의 어머니가 레몽이 어릴 때부터 해 준 것이다. '엄마 요리'인 것이다.

루시가 오늘 점심 뭐 먹고 싶으냐고 물을 때 레몽은 언제나 이 '엄마 요리'를 해 달라고 한다. 쇠솥에 올리브 기름을 듬뿍 넣고 닭을 지지기 시작하면 레몽은 루시의 등 뒤에서 말없이 고개를 끄덕끄덕한다. 오늘 점심은 뭐 좀 먹을 만하겠군, 하는 표정이다. 싫어하는 요리를 할 때면 루시의 등 뒤에서 말없이 고개를 설레설레 흔든다. 오늘은 별로 즐길 만한 게 없군, 그런 표정이다. 맛있는 점심에 대한 기대가 없으므로 어딘가로 말없이 스윽 사라져 버렸다 갑자기 다시 나타나서 꼭 던지는 질문이 하나 있다. '그런데 오늘 디저트는 뭐지? 뭐 먹을 만한 건가?'

"레몽은 어디 갔죠?"

아침부터 그가 보이지 않아 물었더니 루시는 뻔하지 않겠냐는 듯 어깨를 으쓱한다. 무쇠솥 안에서 올리브 기름에 고기 지글지글거리는 소리가 즐겁게 들려온다. 나는 빵을 찢어 적당히 우유에 적시는 일을 돕는다. 루시는 고기가 노릇노릇해지자 후추와 함께 굵은 소금과 향기 나는 여러 종류의 프로방스 민트 풀들을 집어넣어 뒤적거린다. 기름과 함께 끓어오르는 풀 냄새가 입맛을 자극한다. 태국 고추 소스도 살짝 들어간다. 고기를 양념과 함께 잘 뒤적여 리슬링 백포도주를 끼얹은 뒤 뚜껑을 닫는다. 이제 백포도주와 갖은 양념 속에서 한 시간쯤 푹 조려지면 끝이다.

4대 가족
박물관

"레몽이 위에서 널 부르는 것 같은데?"

루시가 다락을 가리키며 말한다. 그는 오늘 오전 내내 다락에 있었나 보다. 부엌이 루시만의 공간이라면 다락은 레몽만의 공간이다. 춥지만 않다면 그는 천장이 낮은 이 다락에서 하루 종일도 보낸다. 2층 복도 천장에 달린 작은 고리를 당기면 거짓말처럼 사다리가 내려오는데 그것을 타고 올라가면 레몽만의 공간인 널찍한 다락이 나온다. 레몽 집안의 역사를 한눈에 볼 수 있는 곳이다. 그 옛날 할아버지가 치즈를 만들던 나무통들에서부터 레몽이 쓰던 장난감과 손자들 장난감에 이르기까지 서너 세대의 온갖 잡동사니들이 다 모여 있다. 레몽은 우리가 올 때마다 꼭 한 번은 다락으로 불러 올린다. 그리고 다락에 정리된 모든 물건들을 하나하나 내보이며 우리가

필요한 것이 없는지 체크한다.

선반을 만들어 할아버지 대부터 자식과 손자 대에 이르기까지 세대별로 분야별로 정리를 해 놓았다. 작은 박물관 같다. 그중에서 가장 많은 부분을 차지하는 것은 그의 아버지가 쓰던 물건이다. 그의 아버지가 쓰던 탁자와 침대, 장롱, 그릇, 과자통들, 쉬납스 만들 때 사용했던 화학 기구처럼 둥그렇고 목이 길쭉한 유리병들, 월귤나무 열매를 따는 나무 기구, 동으로 된 다리미와 저울, 무지하게 큰 낫과 감자 밭을 일구던 농기구들.

그런 물건들 중에 가장 흥미로운 것은 레몽의 아버지가 한 나무 조각품들이다. 레몽의 아버지는 농사일이 없는 겨울이면 나무를 조각하곤 했다. 취미라고 하기에는 무척이나 많은 양이다. 처음에는 침대 머리나 장롱에 붙일 꽃과 새들, 액자 틀이나 거울 틀 같은 실용적인 것들을 조각했다. 그러다 아내가 먼저 세상을 떠나 버리자 눈에 보이는 모든 사물들을 나무 조각으로 재탄생시키는 일을 하면서 시간을 보내기 시작했다. 독수리와 나무, 다양한 종류의 마리아상, 예수상, 보석함, 아이상, 많은 것들을 만들었다. 나중에는 매일 집 앞으로 날아오는 비둘기 한 마리를 벗 삼아 살면서 밤낮없이 비둘기를 조각했다. 그는 이 날개 달린 동물이 훌쩍 날아가 버릴까 봐 날개 한쪽 끝부분을 살짝 잘라 두었다. 그런데 이 새는 멀리 날아가지는 못했지만 제대로 날지 못해서 그만 집 옆 계곡물에 빠져 죽어 버렸다.

레몽이 부친의 이런 조각가적인 재능을 물려받았는지는 그 자신도 모른다. 레몽은 한 번도 나무 조각을 한 적이 없다. 그의 취미는 집안 보수와 정리 정돈이다. 그는 손자들과 놀이를 하거나 이야기를 하는 것을 크게 즐기지 않는다. 혼자 이것저것 만지고 노는 것을 좋아한다. 퇴직한 뒤 취미 삼아 나무판 위에 알자스 전통 꽃무늬 문양을 수놓듯 물감 그림을 그린 적이 있지만 손이 떨려 금방 그만두었다. 그 외에는 종이로 액자를 만들거나 새집을 만들어 식구들 모두에게 한 개씩 선물을 한 적도 있지만 그가 진짜 좋아하는 것은 집안 보수와 정리 정돈이다.

'앗, 덧문이 덜컹거린다!' 이렇게 무엇인가 손댈 만한 것을 발견한 즉시 덧문의 상태를 찬찬히 살펴본 뒤 곧바로 집수리와 공구, 장식을 위한 모든 물건을 파는 대형 슈퍼 브리코라마로 달려간다. 한번 그곳에 가면 이것저것 구경하면서 반나절은 즐겁게 보낸다. 그리고 꼭 필요했던 작은 나사뿐만 아니라 다른 물건까지 잔뜩 사고 만다. 브리코라마만 가면 무얼 사는지 꼭 100유로씩은 쓰고 온다는 것이 루시의 말이다. 어찌 되었든 집 안 어느 구석에 생긴 작은 문제라도 하루 이상 방치하는 법이 없다. 앗! 하고 검지를 쳐들고 문제 지점을 향해 간 후 몇 시간 뒤면 보수 완료다. 그의 별명이 미스터 정리 정돈이다. 이리하여 그의 이층집은 정원에서 다락까지 어디 하나 망가진 데 없이 새것처럼 완벽하다.

이 집을 짓기 위해 땅을 산 것은 루시와 레몽이 결혼하고 1년이 지났을 때였다. 처녀 총각 시절 두 사람은 맨 처음 댄스 파티에서 만났다. 그들은 단 한 번 춤을 추었고 그것으로 끝났다. 그리고 2년 뒤 다시 한 번 춤을 췄는데 또 그것으로 끝났다. 그리고 1년여 뒤 세 번째로 춤을 췄고 그때부터 무엇인가가 시작되어 결혼까지 가게 되었다. 두 사람의 결혼식은 사흘 밤낮을 먹고 마시는 가운데 흘러 갔다. 레몽의 아버지가 전식으로 먹을 국거리 쇠고기를 냈고 루시의 오빠가 포도주와 토끼 열 마리를 들고 왔다. 그래서 루시와 레몽은 돼지 한 마리를 잡았다. 별로 돈을 들이지 않고 초대객과 함께 사나흘 푸짐하게 잘 먹을 수 있는 소박한 농부의 결혼식 식탁 메뉴였다. 그러나 요즘에 전식으로 쇠고기 국을 내는 집은 없다. 대부분 직접 구운 짠맛이 나는 구겔호프와 함께 샴페인이나 칵테일, 혹은 알자스 백포도주를 낸다.

결혼하고 첫딸을 낳은 뒤 두 사람은 20년 상환으로 은행 돈을 빌려 터를 사고 집을 짓기 시작했다. 정원을 일구어 중앙에는 전나무를 심고 네 구석에는 그늘도 주고 꽃도 주고 열매도 주는 사과나무와 체리나무를 심었다. 복숭아나무도 심었다. 루시는 과일 나무 아래 꽃나무를 심고 집 맞은편 땅은 텃밭을 일궜다. 텃밭에 감자와 야채를 심고 사과나무와 산딸기 나무로 텃밭 울타리를 쳤다. 그리고 둘째가라면 서러울 만큼 알뜰살뜰 가꾸고 일궜다. 이제 그 텃밭과 나무들은 온 식구들이 1년 내내 먹고도 남을 열매들을 만들어 낸다.

"자, 여기에 모든 것을 적어 놨으니 나중에 찬찬히 읽어 보렴."

다락으로 올라가니 레몽이 이제 막 끝을 낸 심혈을 기울여 쓴 역작을 내밀듯 나에게 한 권의 공책을 내민다. 다락 박물관에 있는 모든 물품들을 기록한 것이다. 너무나 멋들어진 필기체라서 내가 그

글을 해독하려면 한 페이지에 하루는 걸리겠다. 가구류, 부엌 용품류, 장식품류, 문구류, 책류, 할아버지의 조각품류 등등 종목별로 세심하게 정리를 했다. 이제 이것은 복사가 되어 다른 가족들에게도 한 권씩 주어질 것이다. 예전에는 도미와 그의 누나들이 학교에 들어가 자취 생활을 시작할 때면 으레 이 다락으로 와 옛날 장롱과 탁자 같은 것들을 가져갔다. 이제는 손자들이 와서 가져갔다 몇 년 뒤 다시 반품한다.

"어디 한번 둘러보련?"

언제나처럼 그가 이렇게 제안한다. 나는 살 생각 없으면서 꼭 살 것처럼 행동하는 손님처럼 이런저런 것들을 구경하기 시작한다. 언제 해도 즐거운 다락 놀이다. 레몽은 친절한 벼룩시장 노인네가 되어 종이나 비닐에 싸 두었던 것을 모조리 펼쳐서 내보인다. 1차 세계 대전 의무병으로 참전한 할아버지의 사진, 신문 스크랩들, 옛날 찻잔과 그릇들, 이불들, 인형들, 촛대, 구닥다리 액자, 그림, 온갖 것들이 다 나온다.

"이 탁자가 괜찮아 보이는데요."

나의 이 한마디에 레몽은 퍼뜩 정신을 차린다. 내가 기대하지 않았던 큰 물건을 선택한 것에 좀 흥분한 얼굴이다. 그는 내가 선택한 4인용 탁자에 대한 예찬을 늘어놓기 시작한다. 직접 손으로 만든 것이며 4인용이지만 아래에 보조 탁자가 있어 양쪽으로 날개를 펼치면 8인용도 될 수 있어 손님이 왔을 때 더없이 실용적이다, 여기에 묻은 검은 점은 내가 당장 지워서 새것처럼 만들겠다 등등…….

"레몽! 빨리 내려와서 아페리티프나 준비해요!"

루시가 사닥다리 아래서 소리친다.

"네엣, 대장님!"

레몽이 불만스럽게 소리친다. 그리고 내키지 않는 몸짓으로 천천히 아래로 내려가 별 정성 없이 아페리티프 술과 마른 소시지를 내온다. 럼주와 사탕수수 즙에 딸려 나온 것은 또 초록 레몬 대신 노란 레몬이다. 우리는 식품 창고에 가서 초록 레몬이 있는지 찾아본다. 그리고 말라비틀어진 것을 하나 찾아와 티퐁슈를 만들어 마신다.

"레몽, 오후에는 저 말똥이랑 흙을 섞어서 밭을 좀 일궈야겠어요."

루시가 도미의 티퐁슈를 한 모금 훔쳐 마시며 말한다.

"네, 대장님."

"꽃밭의 꽃들 자리를 좀 바꿔야겠으니 삽질도 좀 해 줘요."

"네, 대장님."

"제라늄도 이제 옮겨 심어야 해요."

"네, 대장님."

"이 양반이 정말, 레몽!"

레몽의 비꼬는 듯한 대답에 루시가 분통을 터뜨린다.

"몸이 두 개라도 모자라겠군. 레몽! 레몽! 레몽! 원, 제기랄 것······."

"원, 제기랄 것?"

두 사람은 우리 앞에 서로 이 사람 좀 보란 듯 팔을 높이 쳐들어 보인다. 레몽은 지금 내가 선택한 그 탁자를 다락에서 내린 뒤 닦고

난쟁이 정원사들이 지키는
루시의 정원

윤내고 칠을 하고 싶은 마음뿐인 듯하다. 나는 루시가 준비해 둔 아스파라거스 전식을 들고 온다. 마늘을 듬뿍 넣어 직접 만든 매콤한 마요네즈 소스에 부드럽게 찐 아스파라거스를 찍어 먹으니 정말 봄인 것 같다. 봄이면 이 키다리 식물은 땅속에서 쑥쑥 솟아오른다. 그때마다 아스파라거스가 햇빛을 보지 못하도록 계속해서 흙을 덮어 줘야 한다. 안 그러면 금방 질겨져 버린다. 죽순처럼 먹고 나면 입 안과 목구멍에 싸한 맛이 남는 봄나물이다. 레몽은 반항하듯 칼로 아스파라거스를 싹둑싹둑 잘라서 먹는다. 그 꼴을 보고 루시는 연방 '우랄라 우랄라' 기막히다는 소리를 낸다. 그리고 잠시 후 레몽이 가장 좋아하는 우유빵 찐 것과 닭을 들고 온다.

우리는 닭 한 마리를 나눠 먹기에 가장 궁합이 잘 맞는 가족이다. 레몽은 닭똥집과 간, 날개, 목 부분을 가장 좋아한다. 도미는 가슴살, 루시는 닭 다리, 나는 허벅지 살을 최고로 친다. 각자 자기가 가장 좋아하는 부위를 평화롭게 가져갈 수 있다. 레몽은 닭똥집과 날개를 지진 우유빵과 함께 먹는 동안 조금 기분이 풀어진 모양이다.

"오늘의 디저트는 뭐지?"

레몽의 질문에 루시가 요란하게 콧방귀를 뀌는 것으로 대답을 대신한다. 창밖은 봄이 한창이다. 이런 햇빛 아래서라면 정원의 아스파라거스가 슈슈슉, 소리를 내면서 솟아오를 것 같다. 싹이 햇빛을 보지 못하게 하려면 오늘은 오후 내내 아스파라거스 곁에 앉아 흙덮어 주는 일을 해야 할 것 같다.

루시와 레몽의 집 : 봄

E t é

여름

월귤나무 열매가 익어 가는 숲

알자스 포도밭 길, 170킬로미터

알자스 감자에 대한 모든 것

한낮의 뙤약볕과 한밤의 천둥 번개

월귤나무 열매가
익어 가는 숲

세상에서 가장 새콤달콤하고 상큼한 까막까치밥 잼

월귤나무 열매 파이 있습니다

세상에서 가장 새콤달콤하고
상큼한 까막까치밥 잼

알자스의 여름은 프랑스 전국을 도는 자전거 투어와 함께 시작된다. 원색 유니폼을 입은 자전거 주자들이 핸들에 코를 박고 황금빛 밀 들판 사이로 난 길을 물결처럼 흘러가기 시작하면 이제 여름이 시작되었다는 신호다. 동시에 1년의 모든 행사가 마감되며 두 달 동안의 긴 바캉스가 시작된다. 이곳은 한국과는 달리 여름이 1년 행사가 모두 마감되는 계절이다. 학교에서는 한 학년이 마감되고 대학 입학시험 합격자 발표가 난다. 기업과 국회의 1년 예산이 마감되는 것도 지금이다. 이 모든 것은 여름 바캉스가 끝나고 가을이 오면 새로 시작될 것이다. 이제 파리 사람들은 산과 바다를 향해 흩어지고 시골 사람들은 파리로 혹은 자기가 사는 곳의 반대쪽을 향한 국민의 대이동이 시작된다. 날씨도 1년 중 가장 좋을 때다.

도로에 있는 십자가,
안전 운전을 기원하는 의미다

우리는 바캉스 교통 체증과 여름 열기를 피하기 위해 꼭두새벽에 자동차에 올라 알자스를 향한다.

아침은 파리에서 세 시간쯤 달려가서 국도변에 있는 작은 카페에서 설탕을 뿌려 튀긴 도넛과 밀크 커피로 한다. 국도변에서의 식사는 단조롭기 짝이 없지만 간혹 그 건조함 때문에 좋기도 하다. 어딘가로 가고 있는 중에 미지근한 음식을 먹으며 어딘가로 가고 있는 중인 사람을 바라보고 있을 때 느껴지는 쓸쓸함 같은 것이 좋다. 여행자의 기분이란 이런 것이겠지. 그러나 알자스로 갈 때 나는 여행하는 기분 같은 건 없다. 그냥 시댁 가는 길이다. 화장실로 가서 손을 씻으며 거울 속 내 얼굴을 본다. 시댁 가는 여자의 얼굴을 여행자의 표정으로 바꿔 보려고 쓸쓸한 미소를 지어 본다.

온갖 채소들이 풍성한
루시의 여름 텃밭

또다시 끝없이 펼쳐지는 로렌 지방의 밀 들판. 어린 왕자의 여우
처럼 나도 밀 들판을 보며 어린 왕자의 머리 빛깔을 상상해 본다.
벌써 타작을 해 겨울 소 먹이가 될 밀짚이 단단하게 묶인 채 여기저
기 던져진 곳도 있다. 잠깐 눈을 붙이다 서늘한 공기에 깨어 보니 보
주 산맥으로 들어서고 있다. 로렌 지방의 열기는 간데없고 전나무
숲은 무섭도록 캄캄해 보인다. 또다시 알자스다.

루시의 텃밭은 온통 초록으로 가득하다. 그녀의 텃밭이 가장 바
쁠 때고 정원은 가장 아름다울 때다. 창마다 제라늄이 피어 있고

집 앞 화단에는 온갖 색깔의 꽃들이 빼곡하게 피어 있다. 그 꽃들 속에 파묻혀 수십 개나 되는 난쟁이 인형들이 하나도 보이지 않는다. 나는 루시의 1년 농사를 알아보기 위해 텃밭부터 한 바퀴 빙 둘러본다. 오랜만에 흙을 밟으니 기분이 좋다. 텃밭은 모퉁이 하나 노는 데 없이 딸기와 감자, 양파, 파, 당근, 양배추, 토마토, 상추, 호박, 오이, 줄기 완두콩 등 온 힘을 다해 초록으로 흔들리는 농작물들로 빼곡하게 채워져 있다.

"바캉스 계획을 한번 세워 보렴."

우리를 보기 바쁘게 레몽은 7월과 8월 두 달 동안 알자스 지방에서 벌어지는 행사를 기록한 팸플릿을 가득 들고 온다. 여름 동안 알자스는 여행객들과 고향에서 바캉스를 보내는 이들을 위해 날마다 축제를 벌인다. 수십 개의 음악회와 거리 연극, 벼룩시장, 중세 마을 산책하기, 포도밭 길 자전거로 달리기, 달밤에 고성에 가서 호러 연극 보기, 캠프파이어, 소방대원이 하는 양파 파이와 소시지 파티, 중세 음식 시장……. 어디로 가야 할지 모를 정도다. 레몽은 우리에게 추천하고 싶은 항목에 벌써 빨간 줄을 그어 놓았다. 대부분이 그가 좋아하는 뿜빠뿜빠 연주회나 민속춤 공연이다. 이 여름에 우리가 가장 기대하는 것은 포도주 축제이다. 여름 두 달 동안 알자스 지역의 모든 포도밭 주인들은 주말마다 동네를 달리며 포도주 창고를 개방해 밤새 술을 마시는 포도주 축제를 연다.

"잼을 만들었나 봐요."

부엌으로 들어가니 달콤하고 진한 과일 냄새가 난다.

"어제 벌써 다 만들었단다. 너희들 오기 전에 일을 마친다고 루시가 좀 무리를 했지. 그렇게 일을 몰아서 심하게 하지 말라고 해도 너희 엄마는 안 돼. 살구, 산딸기, 검은 작은 포도, 붉은 작은 포도, 흰 작은 포도……. 어휴, 모두 200병이 넘을 거다. 그 뒤치다꺼리하느라 나도 바빴다. 네 외숙모까지 와서 50병 가져갔단다. 그래 놓고는 밤새 손목 아프다고, 원……."

레몽이 핀잔을 준다. 아니나 다를까 루시의 손목엔 압박붕대가 감겨져 있다. 그러나 얼굴은 보기 좋게 그을려 건강해 보인다. 머리도 밀밭 색깔로 물들여 짤막하게 잘라 훨씬 젊어 보인다.

"그게 어디 작은 포도요? 까막까치밥이지. 흰 까치밥, 붉은 까치밥 열매."

"그래, 까막까치밥. 그런데 그 열매들을 딴 사람은 바로 나다. 하루 종일 구부리고 그 조그만 것들을 따느라 허리가 휘어졌다. 원……. 그런데 아멜리 고모가 또 까막까치밥이 먹고 싶다고 하는구나. 프랑크에게 전화해서 좀 따라고 했더니 친구들이랑 숲에 캠핑 간다나. 어제 산에서 월귤나무 열매를 한 소쿠리 따서 우리에게 팔러 왔더군. 그 돈으로 배낭 가득 맥주병을 채워 숲으로 떠났을 거야. 분명해, 원……."

프랑크는 그들의 가장 큰손자다. 지난해 대학 입학시험을 포기해 모든 가족들 마음을 졸이게 했다가 이번 여름에 합격해서 모두의 시름을 덜게 한 그는 요즘 날마다 외출해서 밤늦게 혹은 새벽에 또는 다음날 아침에 돌아온다고 한다. 그들은 큰딸이 자식들에게 너무 너그럽게 군다고 비평한다.

"아멜리 대고모는 요즘 어때요?"

아멜리는 레몽 아버지의 여동생이다. 그러니까 레몽의 고모다. 올해 95세인 그녀는 이 집에서 자동차로 10분 거리에 있는 양로원에서 산다. 그녀는 이상하게도 결혼만 하면 남편들이 몇 년 만에 세상을 떠나 버렸다. 어떤 이는 전쟁에서 어떤 이는 병으로. 남편 셋을 가졌지만 아이는 한 명도 낳지 못했다. 그녀는 사별한 세 명의 남편들로부터 받는 연금으로 양로원 생활을 하고 있다. 아멜리 고모를 만나러 갈 때마다 레몽은 늙음과 죽음에 대해서 생각하느라 심각해진다. 그는 늙은이만 모아 놓은 양로원이 너무나 싫다. 그 또한 훗날 양로원 신세를 져야 하는 건 아닌지 벌써부터 걱정이 태산이다.

"내가 먼저 죽으면 연금이 줄어드니까 그것으로 루시가 생활하긴 좀 어렵겠지. 더구나 관절염이 심해져 움직이지 못할 정도면 양로원에 가는 수밖에 없잖아. 그러면 이 집을 세놓는 게 가장 적당한 방법이겠지. 그러나 루시가 먼저 죽으면 연금 걱정은 없지만 내 밥을

새콤달콤한
여름 열매들

누가 해 주느냐는 거지. 난 평생 루시가 해 주는 밥과 디저트밖에
안 먹고 살았는데. 둘 중에 누가 먼저 죽든 결론은 양로원이야. 거
기 가서 죽을 때까지 늙은이들만 보고 살아야 한다는 거지. 모두들
머리고 손이고 할 것 없이 털털털 털어 대는 늙은이들 말이다⋯⋯."

그는 다시 편집광적으로 늙음과 죽음에 대해서 집착하기 시작
한다.

"아, 시끄러워욧!"

루시는 남편이 자식들 앞에서 움직일 수 없을 정도로 늙었을 때
외로운 처지가 될 것이라는 등의 이야기를 하는 것을 좋아하지 않
는다. 자존심 강한 그녀는 어떤 경우에도 누구의 신세도 지지 않고
견딜 수 있어야 한다고 생각한다. 그녀가 기도하는 것은 남편과 끝
까지 이 집에 살다가 하루 정도만 차이를 두고 조용히 함께 눈을
감는 것이다. 레몽은 틈날 때마다 자식들 앞에서 자신들의 노후에
대해 엄살을 떨지만 도미나 그의 두 누나는 별로 신경도 안 쓰는 눈
치다. 양로원이 뭐 어떻다고, 밥 다 해 주고 청소 다 해 주고, 친구들
도 많고, 매일 주사위나 카드 게임이나 하면서 살 수 있는데 무슨
걱정이냐고 말한다.

"아멜리 고모한테 줄 까치밥은 우리가 딸게요."

우리는 점심상을 위해 텃밭으로 가는 루시를 따라간다. 그리고
텃밭 울타리에 심겨진 까치밥 열매를 따기 시작한다. 레몽의 말대로
그것들은 작은 포도처럼 송이마다 알갱이들이 탐스럽게 조롱조롱
매달려 있다. 포도처럼 색깔도 붉은 것, 검은 것, 흰 것 등 다양하다.

햇빛 아래 그것들은 투명하게 반짝거린다. 한 알 따서 입에 넣으니 무지하게 새콤하다. 입 안 가득 침이 고이면서 온몸이 오그라들 정도다. 세상에 이보다 신 열매는 없을 것이다. 이 까치밥 열매로 만든 잼을 빵에 발라 먹으면 정신이 번쩍 나면서 기분이 맑아진다.

이 까치밥 열매들은 얼마나 많이 열리는지 아무리 따도 가을까지 쉬지 않고 새로 열리고 또 열린다. 정원 구석에 있는 산딸기와 다른 과일 나무들도 마찬가지다. 한 식구가 1년 먹기 위해서는 몇 그루의 과일 나무가 필요할까. 아무리 먹어도 매일 아침 새로 익어 있는 그 열매들을 다 먹어 낼 수가 없다. 루시는 이 열매들을 한 톨도 버리지 않고 모두 따서 잼을 만들고 그러고도 남으면 통조림을 만들어 저장한다. 그러고도 또 남으면 작은 봉지에 넣어 꽁꽁 얼려서 겨울 내내 조금씩 꺼내 과일 파이를 해 먹는다.

월귤나무 열매 파이
있습니다

우리나라에서는 여름이면 수박이나 참외 같은 커다란 종류의 과일이 많지만 이곳에서는 콩처럼 자그마한 이름도 알 수 없는 열매들이 참 많다. 사전상 까치밥이라고 나와 있지만 한국 사람 중 이 열매가 어떻게 생긴 것인지 알 수 있는 사람은 별로 없을 것이다. 월귤나무 열매가 어떻게 생겼는지도 모르기는 마찬가지일 것이다. 지금쯤 산에 가면 월귤나무 열매가 한창 무르익어 있을 것이다. 보주 산맥 전나무 밭 아래는 밭에 뿌린 것처럼 월귤나무가 빼곡하게 자라고 있다. 열매가 익는 여름이면 온 가족들이 월귤나무 숲에 들어가서 그 열매를 딴다. 이때는 아이 손도 귀하다. 시장에서 사려고 해도 야생 월귤은 찾을 수가 없을 정도다. 녹두처럼 자그마한 이 열매는 그냥 먹기도 하지만 주로 파이를 굽거나 잼을 만들면 더 맛있다. 지

금부터 가을까지 산 위의 농장 레스토랑에 가면 특별히 벽에 '월귤나무 파이'라는 메뉴판이 붙은 것을 쉽게 볼 수 있다. 검보랏빛 달착지근한 즙을 가득 머금고 있는 월귤나무 파이나 잼을 먹으면 입술과 혓바닥이 새카맣게 변한다. 그리고 조심하지 않으면 즙과 함께 알맹이가 툭툭 떨어져 옷

검보랏빛 즙을 가득 머금은
야생 월귤나무 열매

을 버린다. 숲 속에 들어가서 이 열매를 따 먹다 입술과 손가락이 새파래져서 돌아다니는 가족 여행객들의 신나는 모습을 보게 되는 것도 여름이다.

"어머나, 내 브로콜리랑 내 감자를 좀 보렴! 얼마나 멋진지!"

루시가 텃밭에서 금방 딴 브로콜리와 햇감자를 들고 우리 쪽을 향해 소리친다.

"저 사람 말하는 것 좀 봐. '내' 브로콜리, '내' 감자란다!"

갑자기 레몽이 나타나 한마디 한다.

"그럼 누구 브로콜린데?"

"봄에 밭을 일구고 거름을 뿌린 사람 브로콜리지."

"무슨 남자가 저렇담!"

두 사람은 또 옥신각신하며 집으로 들어간다. 우리는 종류대로 광주리 가득 딴 까치밥 열매를 들고 식료품 창고로 간다. 선반에는 작년에 만든 잼이 성큼 줄어들고 그 자리에는 어제 만든 잼들로 채

들판과 정원에서 수확한 과일 잼,
식료품 창고에도 가득 저장되어 있다

워져 있다. 병마다 과일 이름과 연도를 적은 작은 딱지가 붙어 있다. 멋지게 폼을 낸 레몽의 글씨체다. 잼을 만드는 어제의 풍경이 눈에 선하다. 소쿠리에 가득 담긴 노랗고 붉은 작은 열매들과 설탕 포대, 저울, 유리병들. 커다란 냄비에서 부글부글 끓어오르며 녹아드는 과일을 나무 주걱으로 휘젓는 루시와 작은 티켓에 글자를 써서 병마다 붙이는 레몽. 솔솔 퍼지는 과일 냄새. 유리병에 든 잼은 원래의 과일 색보다 훨씬 투명하면서도 짙어 보인다. 이것들은 이제 내년까지 이곳에 저장되어 뚜껑을 여는 아침마다 2006년도의 숲과 들판, 정원의 향을 느끼게 할 것이다. 루시가 알면 펄쩍 뛸 일이지만 나는 붉은 까치밥 잼 병 뚜껑을 열어 손가락으로 푹 찔러 그것으로 입 안에 넣어 핥아 본다. 몸서리치게 시다. 역시 붉은 까치밥답다.

"점심 먹자, 얘들아!"

식료품 저장 창고 안에서 시간 가는 줄도 모르고 여기저기를 기웃거리는데 루시가 우리를 소리쳐 부른다. 식탁 위에는 벌써 점심이 준비되어 있다. 아까 딴 콩깍지를 푹 삶아 올리브와 겨자로 양념한 것과 햇감자 삶은 것, 그리고 푹 삶은 훈제 돼지 넓적다리다. 정말 푸짐한 점심이다. 나는 얼른 햇감자부터 하나 집어 껍질을 까먹는다.

생쥐처럼 조그마해서 '생쥐'라는 이름이 붙은 이 감자는 커다란 감자에 비해 향긋하고 맛이 진하다. 껍질을 까지 않고 삶아서 더 맛있다. 루시는 레몽을 위해 일일이 감자 껍질을 까서 접시에 놔준다.

예전에는 아들 감자 껍질도 까 주더니 이제는 며느리에게 넘어간 일이라고 생각하나 보다. 도미는 감자를 껍질째 먹는다.

"오늘 디저트는 뭐지? 설마 까치밥 과일 샐러드는 아니겠지."

식사가 다 끝나기도 전에 레몽이 디저트 타령을 한다.

"설마 까치밥 샐러드랍니다."

"7월 내내 까치밥 디저트다⋯⋯."

레몽은 생과일보다 바삭바삭하게 구운 파이 종류를 더 좋아한다.

"비타민이 듬뿍 든 건강식이라고 좋아했잖수."

"까치밥 파이를 구우면 더 맛있을 텐데⋯⋯."

매일 신 열매를 먹어야 하는 레몽이 불평하든 말든 우리는 어서 빨리 조금 전에 딴 검붉은 열매가 먹고 싶어 안달이다. 커다란 접시에 여러 색깔의 열매들을 수북이 담아 설탕을 살짝 뿌려 부드럽게 섞으면 붉은 즙이 흥건하게 흘러내린다. 커다란 숟가락으로 퍼서 입 안으로 넣으니 여러 종류의 까치밥 열매가 산딸기와 뒤섞여 툭툭 터진다. 그 자극적인 새콤달콤한 맛이 온몸으로 퍼져 나가는 순간 온몸의 구멍이 다 열리는 기분이다. 이곳에 있는 동안 이 조그맣고 신선한 과일을 실컷 따 먹을 수 있다니 너무 좋다!

"우리도 아멜리 대고모한테 같이 갈까요?"

과일 샐러드로 한껏 기분이 좋아진 나는 갑자기 아멜리 고모가 보고 싶어진다. 별 성의 없이 과일 샐러드를 먹은 뒤 뭔가 아쉬운 듯 커피와 함께 여러 종류의 비스킷을 먹던 레몽의 얼굴이 환해진다. 그의 불만은 과일 샐러드가 아니라 혼자서 늙은이들을 모아 놓은

여름 텃밭에서 수확한
콩깍지와 감자로 차린 점심 식사

양로원에 가야 한다는 것이었는지도 모른다.

"그럴래? 안 그래도 아멜리 고모가 너희들 안부를 묻더라."

아멜리 고모가 우리 안부를 물으면 '걔들은 파리에서 무지무지 바쁘다'로 일관한다. 그는 자기와 마찬가지로 우리도 양로원 방문을 무척 싫어하리라 생각하기 때문에 절대로 거기 가자는 말을 먼저 하지 않는다. 양로원은 아주 아름다운 풍광 속에 지어졌다. 방마다 커다란 창문이 있고 베란다도 있다. 베란다에 서면 보주 산맥과 하늘이 시원하게 보이는 멋진 전망이 펼쳐진다. 아멜리 대고모는 우리를 보자 그동안 왜 그렇게 오지 않았느냐고 불평불만부터 한다. 그리고 소쿠리 가득 담아 온 까막까치밥 열매를 보더니 좋아서 호호 웃는다. 그녀는 자그마한 열매를 한 알 한 알 따서 입 안에 넣는다. 무지하게 신지 얼굴의 주름살이란 주름살은 다 구기면서도 만족스러운 표정을 짓는다.

"10년은 젊어지는 것 같구나."

아멜리 대고모는 갑자기 정신이 돌아온 듯한 목소리로 말한다. 10년 더 젊어지면 85세인데 그 나이가 95세와 어떤 차이가 있는지

알 수가 없다. 우리는 서로를 쳐다보며 웃는다. 아멜리 대고모도 하나밖에 없는 대문니 주위로 까치밥 열매 껍질과 작은 씨앗이 주렁주렁 맺힌 줄도 모르고 호호 웃어 댄다. 95세가 아니라 15세 계집애 같다.

알자스 포도밭 길, 170킬로미터

포도주 창고 개방, 한여름 밤의 포도주 축제

네 가지 알자스 포도주를 가장 잘 마시는 방법

포도주 창고 개방,
한여름 밤의 포도주 축제

풀레 아주머니가 비 내리는 정원에 앉아 뜨개질을 하고 있다. 비를 맞으며 털실 뜨개질이라니, 아마도 또 남편과 다퉜나 보다. 풀레 씨는 매년 여름이면 루시의 집 2층을 세내어 3주일간의 바캉스를 보낸다. 원래 2층엔 루시의 시부모님이 살았는데 그들이 돌아가신 뒤 여행객에게 2층을 빌려 주고 있다. 부엌용품은 물론 세탁기까지 갖춰져 있어 가족이 와서 얼마간 지내기에는 꼭 알맞은 집이다. 풀레 씨는 매년 여름이면 알자스로, 그것도 꼭 루시의 집 2층으로 온다. 벌써 20년째다. 갓난아이 때부터 이곳으로 온 두 아들은 이제 청년이 되어 올해는 자기 차를 몰고 왔다. 올여름엔 오르베 동사무소에서 그들의 변함없는 알자스 사랑에 감복해서 칵테일파티를 열어 줬을 정도이다. 20년째 이곳에서 바캉스를 보내다 보니 풀레 씨는 알자스 곳곳 모르는 것이 없다. 여름 바캉스 스케줄이 어디서 어떻게 돌아가는지도 그에게 물어보면 훤하다. 레몽보다 더 잘 안다. 풀레 씨는 아침마다 골목으로 나가 앞집 아저씨, 옆집 아저씨와 길고 긴 수다를 떤다. 진짜 수다쟁이 아저씨다. 반면 두 아들과 그 아내는 너무 말이 없다. 나는 그들의 목소리를 들어본 적이 없다.

"뭐? 포도주 축제에 간다구? 하, 그거 좋지. 옛날에는 중병 들어 죽기 일보 직전의 환자도 회복에 좋다고 포도주를 마셨어. 하물며 어떤 마을에서는 임신부들한테는 공짜로 포도주를 제공했다는 이야기도 있어. 몰라? 진짜야. 포도주 마시면 건강하게 아기를 잘 낳는다고 믿었거든. 어허, 진짜라니까. 웃기려고 하는 거 아니야. 그래서 가짜 임신 신고서가 그렇게 많았다는 거야. 뭐, 설마 지금 임신한 건 아니겠지? 하루 정도는 괜찮아, 내가 보장해. 오늘 마신 포도주 덕분에 건강한 옥동자 낳을 거야. 마음껏 마셔!"

풀레 씨는 입에 침을 튀기며 연설을 하더니 자기 코를 비틀며 실컷 마시라는 제스처를 하며 요란한 웃음을 터뜨린다. 그리고 뜨개질 하는 아내를 향해 천연덕스레 휘파람을 분다. 풀레 아주머니는

'알자스 와인의 길'이라고
적힌 표지판

뜨개질거리를 안고 발딱 일어나더니 위층으로 가 버린다. 풀레 씨는 자동차를 타고 시동을 거는데도 우리를 놓아 주지 않는다. 파리 날씨 이야기에서부터 그저께 벼룩시장에서 산 알자스 수프 단지와 접시의 문양에 대해서까지 속사포처럼 말들이 쏟아져 나온다. 내 옆 얼굴로 굵직한 침 파편이 사정없이 날아든다.

"뭐 해? 아직도 안 갔어?"

레몽이 와서 우리를 구해 준다. 우리는 부리나케 도망 나오면서 풀레 씨 수다의 제물로 잡힌 레몽을 본다. 그는 팔짱을 낀 채 그저 고개를 끄덕끄덕한다. 집을 벗어난 자동차는 어느새 '알자스 포도밭 길'이라는 표지판을 따라 끝없이 달려간다. 산 아래 나지막한 능선을 따라 부드럽게 누운 포도밭 길과 옛날 마을들을 달려가노라면 이곳은 정말 축복받은 땅이라는 생각이 든다. 밀 들판을 달릴 때와는 또 다른 감동이다. 배를 채워 주는 밀 들판은 흐뭇한 충족감이지만 포도밭 길은 황홀감이다. 이 조그만 알갱이들이 술이라는

마을을 따라 쭉 세워진
포도밭 길표지판

신비한 액체가 되어 출렁일 것을 상상하면 가슴이 뛴다.

알자스 포도밭은 보주 산맥 아래 능선을 따라 북쪽에서 남쪽까지 170킬로미터 정도 길게 이어진다. 봄에는 물이 올라 온 능선을 발그스레하게 물들이고, 여름엔 싱싱한 초록의 포도 넝쿨로, 가을에는 노랗게 단풍 든 풍경으로, 겨울에는 앙상한 줄기에 흰 눈을 듬뿍 쓴 모습으로, 어느 한 계절 아름답지 않을 때가 없다. 이 포도밭 길을 산책하기에 가장 좋은 방법은 자전거다. 오르막길에서 지칠 때면 자전거를 팽개쳐 두고 포도를 따 먹어도 된다.

언젠가 수확기가 끝난 뒤의 포도밭 길을 산책하다가 송이를 따지 않은 가지를 잘라 주렁주렁 늘어놓은 것을 본 적이 있다. 이유를 물었더니 그해에 포도가 너무 많이 열려 그것을 전부 수확하지 않았기 때문이라고 했다. 포도가 열리는 대로 모두 술을 만들면 술이 너무 많아져 술값이 떨어져 농민들을 보호할 수 없기 때문이라는 것이었다. 생산자를 보호하는 건 나쁜 일이 아니지만 멀쩡하게 먹을 수 있는 포도를 버리다니 너무 아까웠다.

「이삭 줍는 사람들」이라는 다큐멘터리 영화를 보면 프랑스에서는 포도뿐만 아니라 수많은 종류의 농산물이 이런 식으로 버려진다. 감자나 토마토처럼 과다 생산된 농산물을 산더미처럼 쌓아 놓고 폐기처분하면서 버려지는 것뿐만 아니라 기계로 수확하는 과정에서도 많은 양이 버려졌다. 어떤 레스토랑 주인은 이 버려진 농산물만 걷어 와서 음식을 만들어 팔 정도였다. 모두가 싱싱한 것들이었다. 내가 어릴 때만 해도 벼 수확이 끝난 들판에 나가서 떨어진

싱그러운 한여름의 포도밭

투박한 잔에 담긴 피노 그리와
백포도주 리슬링

이삭줍기를 했다. 한 톨도 버리지 않으려고 했던 시절이 있었다. 이 나라의 기름진 토양을 부러워해야 할지 먹는 것을 일부러 썩혀 버리는 짓을 미워해야 할지 알 수 없었다.

오늘 밤 포도주 축제가 열리는 동네 궤벡 취르gueberchwhir에 이르니 술꾼들의 차들이 들판은 물론 올라가는 양쪽 길이 넘치도록 주차되어 있다. 포도주 창고가 있는 모든 마을이 그렇듯이 이 동네도 야트막한 포도밭 언덕으로 포근하게 둘러싸여 있다. 포도에게 가장 중요한 것은 햇빛이다. 너무 낮은 땅은 햇빛이 오후 늦게까지 충분히 들지 않아 좋지 않고 너무 높으면 기온이 떨어져서 포도가 달콤하게 익지 않는다. 보주 산맥 발 아래 해발 400미터 정도 야트막한 언덕들은 하루 종일 따끈따끈하게 햇빛을 받기에 가장 이상적인 위치다. 근방 독일에서도 알자스와 같은 종의 포도나무를 심지만 같은 맛의 포도주가 나오지는 않는다. 르와르 숲 너머 독일 백포도주는 알자스 백포도주의 향기를 절대 따라잡을 수가 없다. 이유는 햇빛 때문이다.

동네 입구에 이르니 벌써부터 뿜빠뿜빠 레몽이 좋아하는 색소폰 춤곡들이 흘러나오고 있다. 우리는 입구에서 입장료를 내고 단단한 유리잔을 하나씩 받는다. 몇 년 전까지만 해도 입장료를 내고 잔만 하나 받으면 거리의 모든 술을 원하는 대로 마실 수 있었다고 한다. 그때 못 온 것이 너무 억울하다. 하지만 공짜라고 너무 마셔 버리면 다음날 골만 아프니 좋을 것도 없지, 하면서 위로한다.

이 포도주 축제는 매년 7월과 8월에 알자스 전 지역에 걸쳐진 포도밭 동네에서 벌어진다. 포도주 창고 앞마당이나 거리에 탁자를 내놓고 자신들이 만든 연도별로 맛이 다른 포도주를 공개적으로 선보이는 날이다. 말하자면 생산자가 직접 임시 술집을 열어 소비자가 그 맛을 보게 하는 것이다. 술뿐만 아니라 알자스 전통 음식도 함께 준비한다. 집집마다 작은 오케스트라도 초청해 밤새 노래하고 연주하게 한다. 이 집 저 집에서 온갖 장르의 노래가 한꺼번에 나와 정신이 하나도 없다. 술까지 취하면 어느 장단에 춤을 춰야 할지 모르게 된다.

마을 포도주 축제를
알리는 포스터

네 가지 알자스 포도주를
가장 잘 마시는 방법

우리는 한잔 하고 싶은 걸 참으며 먼저 동네를 한 바퀴 산책하기로 한다. 포도밭에 둘러싸인 대부분의 마을들처럼 이 마을도 중세 때 지어져서 그 형태를 그대로 유지하고 있다. 동네 앞 널찍한 길에 난 문들은 대부분 튼튼한 나무로 된 포도주 창고로 들어가는 문들이다. 둥그스름한 형태로 된 이 문들은 포도를 실은 마차들이 쉽게 드나들 수 있도록 높고 널찍하다. 문 위에는 집주인의 이니셜과 지은 연대가 단순하면서도 멋진 스타일로 새겨져 있다. 윗동네로 올라갈수록 길이 좁고 가팔라지면서 창문이 조그마한 소박한 옛날 집들이 나온다. 아마도 골목이 널찍한 아랫동네는 포도밭 주인들이 살았고 가파른 위쪽은 밭에서 일하는 소작 농부들이 살았으리라.

"이번에는 격식을 차려 마시자."

축제가 열리는 마을 뒷골목

작년에 우리는 길에 난 바를 따라다니며 닥치는 대로 마셔서 다음 날 골이 깨지게 아팠던 경험이 있는지라 올해는 좀 점잖게 마셔 보기로 결심한다. 알자스 포도주는 게뷔르츠트라미너gewurztraminer, 리슬링riesling, 토카이tokay, 뮈스카muscat, 이렇게 네 가지 백포도주가 유명한데 똑같은 상표가 붙은 술이라도 동네마다 집집마다 맛이 다 다르다. 까다로운 사람은 알자스 리슬링 한 병을 살 때도 어느 동네 어느 집에서 만든 것인지 꼼꼼하게 살펴본다. 아무튼 오늘 우리는 궤벡취르에서 나온 포도주만으로 아페리티프에서부터 전식, 본식, 디저트까지 완벽하게 마칠 생각이다.

먼저 우리는 초청된 악단들의 음악이 가장 마음에 드는 집을 골라 들어간다. 흘러간 샹송 집이다. 벌써 고주망태로 취해 옆 사람과 팔짱 끼고 노래 부르고 춤을 추는 무리가 여럿이다. 노래하던 늙은 가수가 마음껏 마시고 알자스 포도주의 진미를 느끼시라는 멘트를 날리자 사람들이 과도하게 열광한다. 우리가 한잔 시작도 하기 전에 분위기는 벌써 후끈 달아올라 있다.

우리는 맨 먼저 아페리티프용으로 게뷔르츠트라미너 한 잔과 푸와그라 한 접시를 시킨다. 신선한 과일 맛이 나는 이 포도주를 푸와그라가 오기도 전에 한 잔 다 마셔 버려 푸와그라가 왔을 때 한 잔 더 시킨다. 그런 뒤 잔술로는 아무래도 모자랄 것 같아 저녁과 함께 먹을 리슬링 한 병을 주문한다. 어떤 알자스 전통 음식과도 어울리는 리슬링과 함께 먹기 위한 음식으로는 생크림 소스를 끼얹은 송어가 선택된다. 차가운 감자 샐러드에 훈제 고기를 먹고 있는 우리 양 옆과 앞자리 사람들은 벌써 몇 병째 마셨는지 열광적으로 가수의 노래를 따라하다가 시끄럽게 웃어 댄다. 잔을 들 때마다 우리에게 연신 건배를 하는 것도 잊지 않는다. 저러다간 우리를 붙들고 뽀뽀를 하고 부둥켜안으며 춤출 순간이 멀지 않은 것 같다. 평소에 저런 미치광이 같은 정열들을 어디다 어떻게 감추고 사는가 싶다.

알자스 사람들은 프랑스에서 술 많이 마시기로 유명한데 옛날에는 지금보다 더 했다. 17세기 한때는 술집 문은 밤 아홉 시가 되면 무조건 닫아야 한다는 것을 법으로 정할 정도였다. 술 마시고 노느

라 미사에 참여하지 않는 사람이 너무 많아서 성당 미사가 열리는 동안에도 의무적으로 술집 문을 닫게 했다. 그러나 사람들은 미사 보러 가다가 자기도 모르게 술집으로 빠지곤 하는 버릇을 고칠 수가 없었다. 지금도 교회 앞에 가면 술집들이 많이 늘어서 있다. 대부분 남자들은 여자들이 미사를 보는 동안 그 앞 술집에서 친구들과 한잔 걸치고 이야기하면서 더 마음의 평화를 얻었다. 도미의 할아버지도 할머니를 따라 교회로 가다가는 그 앞 술집으로 빠져 놀았다고 한다.

요즘은 더 맛있는 술을 찾는 사람들이 많아졌지만 예전에는 그

포도주 축제의
작은 오케스트라 악단

포도주 창고를 지은 연대와
주인의 이니셜이 새겨져 있다

저 알코올이기만 하면 되었다. 술 좋아하는 데는 가난뱅이도 귀족
도 없었다. 모두들 매 끼니마다 술을 마셨고 알코올 중독자도 지금
보다 훨씬 많았다.

신부들은 온 동네 남자들이 주정뱅이가 되어 간다고 탄식하며 계
몽해 보려 했지만 하나님도 어찌해 볼 도리가 없었다. 결국 과음금
지법을 제정해 주정뱅이들에게는 얼마 동안 물과 빵만으로 살게 하
는 엄벌을 내렸을 정도였다.

아무튼 술이 생긴 이래 알자스 사람들이 술을 마시지 못한 경우
는 전쟁이나 엄청난 자연적 재해로 포도를 따지 못한 해뿐이었다.
그런 해에 만들기 시작한 것이 맥주였다. 이렇게 해서 알자스는 포
도주뿐만 아니라 맥주로도 그 유명세를 떨치기 시작했다.

18세기경에는 엄청나게 많은 맥주집이 생기기 시작했다. 그때는
맥주 잘못 마시고 죽는 이가 많았다고 한다. 맥주에 맛을 내기 위해
이것저것 아무것이나 집어넣었기 때문이었다. 아무튼 이로 인해 천

문학적 돈을 벌게 된 이는 술집 주인과 술 제조자들이었다. 실제로 지금도 알자스 부의 원천은 포도주 생산에 있다. 알자스뿐만 아니라 프랑스에서 포도주가 생산되는 지역은 어디고 할 것 없이 부유하다. 국내 소비뿐만 아니라 세계적으로 팔려 나가는 포도주를 생각해 보면 금방 수긍이 간다. 전 세계 사람들이 프랑스 포도주를 마시며 이 나라를 부유하게 만들어 주고 있다고 해도 과언이 아닐 것이다.

"알자스 포도주 만세! 리슬링 만세! 피노 그리 만세! 만세! 게뷔르츠트라미너 만만세!"

내 앞에 앉은 사람이 흥에 못 이겨 벌떡 일어나 소리치며 모두에게 건배를 한다. 호응이 뜨겁다. 옆 사람이 즉흥적으로 나에게 선물이라며 조그만 헝겊을 준다. 펼쳐 보니 알자스 전통 복장을 한 사람들이 포도주를 마시며 춤추고 노래하는 오늘 같은 분위기의 그림이 그려진 손수건이다. '마시자 실바네 정말 기분 좋아, 마시자 게뷔르츠트라미너 너무 부드러워, 마시자 한 잔의 리슬링 진짜 달콤해, 마시자 포도주 정말 정말 좋아.' 그런 글귀가 적혀 있다. 너무 깜찍한 손수건이어서 주머니에 넣고 밖으로 나온다.

어두워진 거리엔 사람들이 넘쳐 난다. 한 무리의 청소년들이 음악 소리에 맞춰 춤을 추며 걸어간다. 한껏 설레고 흥분된 얼굴들이다. 포도주 축제가 열리는 여름 동안 주말 내내 친구들과 어울려 이 동네 저 동네 들쑤시고 다니느라 가장 바쁜 이들이 청소년들이다. 잘하면 첫키스의 짜릿한 경험과 그 이상의 무엇을 할 수 있는 기회가 생길지도 모른다는 기대감 때문이다. 술에 취해 인사불성이 되어 버리는 아이들이 대부분이지만 그동안 벼르던 사랑 고백을 하기도 한다. 그리고 포도밭으로 가 덜 익은 포도송이를 짓이기며 허술하고 열정적인 키스를 나눈다. 이곳 젊은이들은 대도시 사람들보다 훨씬 일찍 결혼한다. 20대 초반에 아이 두셋을 둔 경우가 허다하다. 오늘 이 축제에서도 객기로 시작된 우연한 키스의 인연으로 평생 함께 살게 되는 이들도 있으리라.

"이번엔 뭘 마시지?"

"토카이 피노 그리가 어때?"

토카이 피노 그리는 알자스 포도주 중에 내가 가장 좋아하는 것이다. 산뜻하고 향긋한 맛이 나서 마실 때마다 새로운 기분이 든다. 피노 그리 한 잔과 함께 거리에서 구워 파는 소시지를 먹는다. 결국 피노 그리를 한 잔 더 마시게 된다. 그리고 오늘 축제의 마침표를 위해 뮈스카를 마시기로 한다. 뮈스카는 잘 물든 은행잎 빛깔이 나는 달콤한 포도주이다. 무척 달콤하고 강한 향이 나는 포도여서 포도주로보다 그냥 생으로 먹는 경우가 더 많다. 뮈스카를 위해 우리는 살구 파이를 산다. 역시 달콤한 디저트와 함께 마시는 뮈스카는 향기롭기 그지없다. 그러나 이것은 두 잔을 마실 수 없다. 술과 음식의 조화를 맞춰 차례대로 격식을 차려 마시니 오늘 밤엔 별로 취하지가 않는다. 닥치는 대로 섞어 마실 때보다 훨씬 백포도주의 맛과 향기를 강하게 느낄 수 있었다. 우리는 잔을 닦아 주머니에 넣은 뒤 아랫마을을 향해 내려간다. 대기하고 있던 안전요원과 소방대원들이 취해 쓰러진 사람들을 구급차에 싣고 있는 것이 보인다.

알자스 감자에 대한
모든 것

땅속에서 자라는 불경스러운 덩굴 식물

감자와 치즈의 행복한 만남

땅속에서 자라는
불경스러운 덩굴 식물

'오늘 점심 뭐 해 줄까?' 이것은 이 세상에서 내가 가장 받고 싶어 하는 질문이다. 내 귓속에 들어와 이보다 더 나를 행복하게 해 주는 문장은 없다. 어머니가 바깥일을 했기 때문에 나는 평생 정성스러운 밥상을 받아 본 적이 별로 없다. 그래서인지 부엌에서 누군가 토닥토닥 도마 소리를 내며 요리하는 것을 보면 당장 마음의 안정감을 느낀다. 루시는 곧잘 내가 좋아하는 이 질문을 자신의 아들 도미에게 한다. 나에게 하는 경우는 드물다. 며느리는 아들이 좋아하는 것이면 무엇이든 좋아하게 되어 있다고 생각하나 보다.

"치즈를 넣어서 반죽한 튀김."

도미는 루시에게 이렇게 주문한다.

"안 돼. 그건 너무 손이 많이 가는 요리잖아. 그냥 삶은 햇감자도 맛있어."

내가 루시를 위해 간단한 요리를 권하자 그녀는 펄쩍 뛴다.

"아니야, 아니야! 이건 그냥 삶는 것보다 더 간단해!"

그녀는 아들이 좋아하는 요리라면 손목에 깁스를 하는 한이 있어도 그것은 아주 간단한 요리라고 항변한다. 말이 안 되지만 나는 가만히 있기로 한다. 이 요리를 하기 위해서는 먼저 감자를 삶아서 껍질을 벗겨야 한다. 그리고 그것을 부드럽게 으깬 뒤 에망탈 치즈와 양파를 갈아 넣어야 한다. 거기에 계란과 약간의 밀가루를 넣어 부드럽게 치대면 반죽이 완성된다. 이것을 동글동글하게 떠서 기름에 바싹 튀겨 내야 한다. 그러니 그냥 삶아 먹는 감자보다 몇 배로 더 손이 간다.

"송아지 스테이크를 곁들이면 되겠지? 날씨가 좋으니까 정원에서 먹자. 그런데 네 아빠 어디 있니? 레몽! 레몽! 어서 나가서 감자 좀 캐와요! 레에모옹!"

루시가 목청껏 소리치니 어디선가 레몽이
나타난다.

"예잇, 대장님. 명령대로 합죠!"

그는 구시렁거리며 정원으로 나간다.
도미는 정원 탁자를 행주질하고 파라솔
을 편다. 더없이 화창한 여름날이다. 다
가오는 가을과 겨울의 음습한 파리 공기
를 견디려면 피부 구석구석 여름 햇빛을

텃밭에서 캐와
찐 햇감자

루시와 레몽의 집 : 여름

잘 저축해 둬야 한다. 나는 감자 캐는 레몽을 돕기 위해 맨발로 정원으로 간다.

"우와아!"

땅속에서 주렁주렁 매달려 나오는 감자 넝쿨을 보니 이런 감탄사가 저절로 나온다. 수프용, 찜용, 튀김용, 여러 종류의 감자가 있는데 루시는 생쥐라는 이름의 이 조그만 감자들만 경작한다. 감자 중에 가장 비싸고 가장 고소한 맛이 나는 것이다. 여름과 가을 동안에 이 감자를 다 먹고 나면 겨울과 다음 해 봄을 위해서 근처 농장에서 사 온다. 프랑스인들은 우리의 쌀 소비량만큼이나 감자를 많이 먹는데 알자스 사람들은 어느 지방보다 더 많이 먹는다. 대부분의 요리에 감자가 곁들여진다.

알자스에 감자가 처음 들어온 것은 18세기경인데 처음부터 귀한 대접을 받지는 못했다. 밀로 만든 빵이 처음부터 귀한 물건 취급을 받은 것에 비해 감자는 적잖은 괄시의 세월을 견뎌야 했다. 무엇보다 사람들은 땅속에서 주렁주렁 매달려 나오는 이상한 열매에 불경스러움을 느꼈다. 열매란 것은 자고로 햇빛을 받으며 나뭇가지에 매달려 있는 것이어야 했다. 언덕 위에서 햇빛과 함께 찬란한 빛깔로 익어 가는 포도송이를 생각한다면 이 땅속의 열매는 왠지 불온하게 느껴졌을 것이다.

기근을 해결하기 위한 목적으로 감자 경작을 적극 장려할수록 농부들은 심하게 저항을 했다고 한다. 그들은 안 그래도 빈곤한 자신들의 식탁이 감자로 인해 더욱 초라해질 것이라고 생각했다. 빵도

만들 수 없는 감자는 맛도 더럽게 없는 열매로 알려졌다. 그러나 배고픈 데 장사 없다는 말처럼 결국 엄청난 수확량에 무릎을 꿇으면서 감자 경작이 시작되었다. 그러면서 알자스 식탁에 혁명이 왔다. 먼저 매년 되풀이되던 기근으로 인한 폭동이 사라졌다. 그리고 할 수 없이 먹기 시작했는데 먹어 보니 맛도 괜찮았다. 전쟁이 나도 땅 속에 든 감자는 끄떡없이 지킬 수 있었다. 그래서 감자 경작 붐이 일어났고 알자스는 어느 지방보다 먼저 감자로 대성공을 거두었다.

처음에 사람들은 물에 삶아 으깨어서 먹는 단순한 요리를 했다. 그러다 돼지기름을 듬뿍 발라서 불 속에 넣어서 굽기도 하고 소금물에 삶아 우유를 뿌려 먹기도 했다. 잔치 때에는 손님들을 위해 감자 속에 돼지기름이나 버터, 훈제 삼겹살 같은 것을 듬뿍 넣어 요리했다. 이렇게 감자는 더 맛있게 먹고 싶다는 사람들의 욕망에 맞춰 점점 화려하고 다양한 방법으로 요리되기 시작했다. 19세기에 이르러서는 배를 채울 수는 있으나 절대 맛있는 음식은 될 수 없다며 감자를 천대하던 귀족층까지 이 불경스러운 덩굴 식물을 먹기 시작

했다.

　루시가 가장 흔하게 하는 것은 돼지고기와 곁들여 먹을 수 있는 두꺼운 감자 파이다. 강판에 감자를 갈아 약간의 치즈와 양파를 넣어 버무린 것을 팬에다 굽는 것이다. 뚜껑을 덮고 한 시간쯤 약한 불에 익히면 겉은 바싹바싹하고 안은 카스텔라처럼 부드럽게 익어 있다. 또한 단순하게 깍두기처럼 썰어서 팬에 볶아 푹 익히기도 하고 생크림을 끼얹어 오븐에 찌기도 한다. 압력솥에 푹 쪄서 우유를 넣어 죽처럼 부드럽게 으깨는 퓌레를 하기도 하고 먹다 남은 퓌레를 계란과 섞어 감자 오믈렛을 하기도 한다. 감자로 할 수 있는 요리는 수십 수백 가지가 있다. 『감자에 대한 모든 것』이라는 요리책이 있을 정도다.

감자와 치즈의
행복한 만남

"아페리티프 대령입니다."

도미가 럼주 속에 초록 레몬을 짓이겨 즙을 내어 만든 티퐁슈를
내온다. 맨발로 잔디를 밟고 서서 머리 위로 뜨끈한 햇빛을 받으며
마시는 티퐁슈 맛보다 더 좋은 것이 있으랴. 어디선가 말벌 한 마리
가 나타나 우리의 티퐁슈 잔 위를 빙빙 돈다. 깔끔한 성격의 레몽이
파리채로 그놈을 쫓아다니는 동안 루시가 조금 전에 캔 햇감자로
만든 치즈 감자튀김과 팬에다 버터와 올리브 기름만 넣고 한동안
지진 구운 송아지 가슴살을 가지고 내려온다. 곁들여지는 야채는
아까 텃밭에서 뽑은 셀러리 뿌리에 생크림 소스를 넣은 샐러드다.

"셀러리 샐러드와 치즈 감자튀김, 그리고 송아지 가슴살!"

황홀한 궁합이다. 삶은 햇감자에 치즈를 넣어 반죽한 동글동글한

이 튀김은 물을 머금은 것처럼 촉촉하고 한없이 폭신폭신한 맛이다.

치즈 감자튀김과
송아지 가슴살 요리

모두들 한 개씩 손에 쥐고 냠냠 얼마나 잘 먹는지 루시가 앉아 있을 사이가 없다. 식으면 맛이 없기 때문에 우리가 먹는 동안 루시는 계속 조금씩 튀겨낸다. 모두들 맛있게 먹으니 힘든 줄도 모르겠나 보다.

"어허, 오늘 너무 먹는 거 아니야? 감자는 사람들 게으르게 한다는 옛말이 있어. 알자스 북쪽 사람들이 왜 일하는 속도가 느리고 게으른지 알아? 바로 이 감자를 너무 많이 먹기 때문이야. 그쪽 사람들은 요즘도 1주일에 적어도 15킬로는 먹는다고 하지. 그러니까 그렇게 퉁퉁하고 게을러터진 거야. 늘 적당히 먹는 게 좋아. 그러나 진짜 소로 변하면 어쩔래?"

레몽이 먼저 포크를 놓는다.

"하지만 치즈를 안 먹을 수는 없잖아."

도미가 부엌으로 올라가 치즈 접시를 들고 온다. 치즈는 빵과 먹을 때보다 따뜻하게 삶은 감자를 곁들여 먹을 때가 더 맛있다. 그래서 감자 요리를 할 때는 식사 뒤에 치즈와 함께 먹을 양을 꼭 남겨 둬야 한다. 그렇지 않으면 큰일 난다. 이렇게 해서 오늘 점심도 좀 과하게 먹게 된다. 쟈크 아저씨네 사냥개가 고기 냄새를 맡고 달려온다. 루시가 멀찍이 고기 뼈다귀를 던져 주자 개는 신이 나서 달려간다.

"그런데 오늘 디저트는 뭐지?"

언제나처럼 레몽은 아무리 배가 불러도 후식에 대한 기대를 저버릴 수 없다.

"당신이 좋아하는 까치밥 열매 파이랍니다, 여보."

루시는 생과일 샐러드를 지겨워하는 남편을 위해 오늘은 정원의 작은 열매들과 산딸기를 섞어 파이를 구웠다. 그러나 레몽의 얼굴이 영 심상찮다. 아까부터 뱅뱅 돌아다니는 말벌 때문이다. 처음엔 티퐁슈의 달콤한 맛에 끌려 온 한 마리였는데 이제 네다섯 마리가 떼를 지어 다닌다.

"당장 네 주인한테 가서 총 좀 가져오라 그래!"

이윽고 레몽이 사냥개를 향해 버럭 소리를 지른다. 고기 뼈를 깨물던 개가 말을 알아들었는지 재빨리 자기 집을 향해 달려간다. 레몽은 말벌들을 따발총으로 당장 쏘아 죽여 버릴 기세로 일어서더니 다시 파리채를 들고 씨름하기 시작한다. 우리는 윙윙대는 말벌 소리를 들으며 파이를 먹고 커피를 마신다. 결국 레몽은 말벌 소탕을 포기하고 돌아와 천천히 파이를 먹는다.

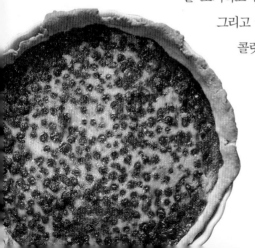

그리고 커피와 함께 민트 즙이 든 초콜릿을 핥으며 우리를 본다.

"너희들도 초콜릿을 먹어야 해. 여기엔 하루 분의 칼슘이 들어 있거든."

초콜릿을 먹을 때마다 그

는 칼슘 때문에 먹는 것처럼 말한다. 우리는 이제 너무 불러 꼼짝도 할 수 없는 배를 이끌고 긴 피서용 의자가 놓인 체리나무 밑으로 간다. 의자에 도착하니 정말 소가 되어 버린 기분이다. 의자에 몸을 눕히니 쾅 소리가 난다. 눈을 감으니 얼굴 위로 나뭇잎 사이로 일렁이는 햇살이 느껴진다. 친절하게도 레몽이 쉬납스 병을 들고 온다. 목이 긴 투명한 병에 '72년도 체리'라고 쓰인, 돌아가신 할아버지가 만든 술이다. 이제 올해 안에 이 술도 끝이 날 것 같다. 레몽은 뚫어져라 집 쪽을 쳐다보더니 이윽고 이렇게 묻는다.

"저 말벌들 말이다. 대체 어디서 온 것 같으니?"

새콤한 열매를 넣어
구운 파이

한낮의 뙤약볕과
한밤의 천둥 번개

하늘까지 올라가는 루시의 깍지 완두콩 나무

꼴마 시청 정원사 사촌 제라의 가족

하늘까지 올라가는
루시의 깍지 완두콩 나무

"벌집 찾고 있다. 꼭 찾고 말 거다."

레몽은 오전 내내 밖에서 망원경으로 동서남북 돌아가며 집 안을 들여다보고 있다. 오늘 아침 부엌에서까지 세 마리의 말벌이 나타난 것이다. 집 안 어디에 벌집이 있지 않고서는 벌이 부엌에까지 들어올 리가 없다는 것이 레몽의 결론이었다. 그가 망원경과 씨름하고 있는 동안 루시와 도미, 나는 텃밭에서 너무 커 버린 완두콩 깍지를 딴다. 이렇게 날씨가 좋은 여름에는 매일 아침마다 따도 금방 자라서 넘쳐난다. 하늘까지 올라가는 재크의 콩나무가 동화 속의 일이 아닌 것 같다. 키도 잘 크지만 콩깍지도 너무 잘 큰다. 정말 모든 채소가 무섭게 잘 자란다. 제때 따지 않으면 금방 질겨져 버리기 때문에 종일 콩나무 옆에 서 있어야 될 지경이다.

완두콩 콩깍지.
푹 삶아 고기에 곁들여 먹는다

 루시는 이것들을 살짝 데쳐서 물기를 뺀 뒤 냉동실에 넣어 얼려
버린다. 그리고 겨울 내내 조금씩 꺼내서 압력솥에 푹 찐 뒤 올리브
기름 소스를 끼얹어 스테이크와 곁들여 먹는다. 완두콩 깍지와 스
테이크, 이것은 프랑스 레스토랑에서 가장 대중적인 메뉴다. 콩을
먹지 않고 콩 껍질을 먹는다는 것이 좀 이상하긴 하다. 하지만 콩
껍질은 아주 부드럽고 그 안에 든 덜 여문 콩이 살짝 씹히는 것이
우리나라 나물 같은 맛이 난다. 이곳 사람들은 야채를 주로 샐러드
처럼 완전 날 것으로 먹거나 압력솥에다 푹 익혀서 먹는 두 가지 요
리법뿐이다. 우리처럼 데쳐서 무치거나 전을 굽는 경우는 거의 없

다. 그래서 나는 한국 사람이 얼마나 다양하게 야채를 요리할 수 있는지를 선보이곤 한다. 호박잎이나 콩잎으로 전을 구워 준 적도 있다. 그녀는 놀라다 못해 쇼크를 받은 것 같았다. 그 뒤로는 텃밭에 난 넓적하고 먹음직스러운 잡초만 보면 절대 뽑지 않고 내가 알자스에 올 때까지 기다린다.

"여기 좀 와 봐. 이거 먹을 수 있는 거 맞지?"

오늘도 그녀는 나를 커다란 잡초 앞으로 데리고 가 기대에 찬 질문을 던진다. 넓적하다고 다 호박잎처럼 먹을 수 있는 게 아닌데 말이다. 한 평의 텃밭이 있다면 한국 사람들은 무엇을 심을까. 틀림없이 상추와 고추, 깻잎을 심을 것이다. 이곳 사람들이라면 무엇을 심을까. 상추와 토마토, 껍질째 먹을 수 있는 완두콩, 파를 심는다. 어느 동네 어디를 가도 똑같다. 정원 옆 조그맣게 가꾼 텃밭을 보면 어김없이 상추, 완두콩, 토마토, 파 이렇게 줄지어 서 있다. 루시의 두 딸, 친구들, 낯모르는 저 산 위의 사람들 할 것 없이 모두 똑같다. 루시는 식초와 소금, 겨자, 올리브 기름을 섞은 소스를 한 통 가득 만들어 놓고 상추 샐러드를 할 때마다 조금씩 뿌려 넣는다. 토마토 샐러드를 할 때도 똑같은 소스를 넣는다. 토마토는 수프도 만들고 양파와 볶아서 피자나 스파게티 소스로 만들기도 한다. 서양 식탁에서 우리의 고춧가루만큼 흔하게 쓰인다. 파는 우리와는 달리 그냥 통째로 물에다 푹 삶아 건져 먹는다. 특히 겨울에 쇠고기를 삶아 먹을 때 고기와 함께 흐물흐물해지도록 삶아서 겨자에 찍어 먹는다. 감자와 같이 푹 삶아서 믹서로 곱게 갈아 수프로 먹기도 한다.

"다락방도 다 뒤져 봤는데 없더라. 그러니 지붕 아래밖에 숨겨 놓을 데가 없지. 이제 벌집을 찾는 건 시간문제다. 그런데 오늘 점심은 뭐 먹을 만한 게 있나?"

레몽이 뙤약볕 아래 빨갛게 익은 얼굴로 우리에게 온다.

"날씨가 좋으니 바비큐를 하자꾸나."

루시가 제의한다.

"불은 우리가 붙일게요."

내가 마른 포도나무 장작을 찾으러 가는 사이 도미는 부엌으로 가 티퐁슈를 만들어 온다. 그는 신문지를 구겨 바비큐 굴뚝에 넣고 그 위에 포도나무 덩굴을 얹어 불을 지른다. 포도나무는 단단해서 불을 붙이기는 힘들지만 일단 불타오르기 시작하면 오랫동안 탄다. 등 뒤로는 따가운 여름 햇살이 내리쬐고 앞으로는 바비큐를 위한 숯불이 타오르는 가운데 서서 독한 티퐁슈를 마시는 것, 완벽한 바캉스 풍경이다. 도미는 햇빛을 좀 더 받기 위해 윗도리를 벗어 버린다.

"야채가 많아서 꼬치를 했다."

루시는 조금 전에 딴 토마토와 오이, 호박 같은 야채들을 굵직굵직하게 썰어 긴 쇠꼬챙이에 고기와 함께 끼워 올리브를 뿌리고 소금 후추 간을 했다. 우리는 포도나무 숯불이 빨갛게 되기를 기다렸다가 고기를 올린다. 숯불에 고기를 구울 때는 불 조절을 잘해야 한다. 너무 뜨거우면 다 타 버리고 너무 약하면 천천히 익어 고기가 질겨진다. 연기가 사라지는 즉시 시뻘건 불이 남아 있을 때 올려야 한다. 그래서 겉은 바싹하게 타고 속살은 붉은 피를 머금은 채여야 한다. 점심을 먹는 동안 레몽은 앞산의 밤나무 위에 앉은 두 마리의 학을 발견하고 골똘히 쳐다본다. 망원경으로 그놈들을 유심히 관찰하기도 한다.

"저놈들이 우리 계곡의 송어를 다 먹어 버릴 거야."

레몽은 안절부절못한다. 그는 계곡의 송어 낚시를 위해 회비를 지불한다. 알자스는 붉은 학 서식지로도 유명한데 낚시꾼들은 그 학들이 송어를 다 잡아먹어 낚시할 고기가 없다고 이만저만 불평이 아니다. 나무 위에 앉은 두 마리 학은 점심이 끝날 때까지 꼼짝도 않는다. 결국 레몽이 다락에 올라가더니 폭죽 두 개를 가지고 내려와 터뜨린다.

"이런 젠장, 꼼짝도 않는군. 우리 계곡의 송어를 다 먹어 버릴 거야."

"쟤들도 좀 먹게 내버려 두시구랴."

"그럼 내가 낚을 고기는? 난 낚시를 위해 세금을 내는 사람이야."

"저 새를 보호하려고도 세금을 내는 건 잊었수?"

"젠장, 그런데 오늘 디저트는 뭐지?"

"사랑하는 당신을 위해 프륀느 파이를 구웠지."

"프륀느? 퀘치 파이가 아니고?"

"그놈이 그놈인데 뭘 그래. 퀘치는 아직 익지도 않았다구."

"퀘치 대신 프륀느 파이라니. 쳇……."

"그럼 프륀느 나무는 왜 심었수? 원, 그냥 넘어가는 법이 없다니까."

"아, 죽을죄를 지었습니다. 루시 마님."

"레몽!"

검은 자두의 일종인 퀘치와 프륀느는 똑같이 생겼지만 미묘한 맛의 차이가 있다. 퀘치는 프륀느보다 좀 더 새콤해서 파이로 구우면 달콤한 맛이 더 강해진다. 디저트 박사인 레몽이 그것을 모를 리 없다. 우리는 올해 처음으로 딴 프륀느로 만든 파이를 먹은 뒤 그동안 별러 왔던 일을 하기 위해 일어선다. 다름 아닌 나의 운전 연습이다. 자동차를 타고 포도밭으로 가는 동안 내 가슴이 심하게 뛴다.

"운전도 할 줄 모르는데 어떻게 면허증을 땄지?"

올해 처음 딴 프륀느로 만든 파이

도미는 내가 어떻게 면허증을 손에 넣을 수 있었는지 정말 신통 방통한 모양이다. 프랑스에서는 운전 학원에서 하는 실내 연습장이 란 것이 없다. 첫 수업부터 바로 도로로 나간다. 이곳에서는 부모가 옆에 탄 부모의 차를 타고 포도밭에서 운전 연습을 하는 경우가 많 다. 포도밭 길은 자동차가 없는 데다 사람도 뜸하고 받아 보았자 포 도나무이기 때문이다. 얼마 전에 면허증을 딴 루시의 두 손자도 이 포도밭에서 첫 운전 연습을 했다. 도미 또한 루시의 차를 타고 이곳

에서 연습을 했고, 루시도 레몽의 도움을 받으며 이 포도밭 길에서
운전 연습을 했다.

:
:

꼴마 시청 정원사
사촌 제라의 가족

나는 포도밭 사이로 난 길을 1단, 2단, 3단, 기어를 바꿔 가며 달린다. 사거리가 나오면 일단 멈춤을 하고 깜박이를 넣고 커브를 튼다. 도미는 내가 남의 집 포도밭에 뛰어들지는 않을까, 자전거 타고 오는 사람들 위로 굴러가지는 않을까, 매번 조마조마해하며 이런 실력으로 어떻게 운전 면허증을 가질 수 있는지, 진짜 면허증 맞느냐는 둥, 별의별 잔소리를 다 한다. 그런 와중에 하릴없는 한 할아버지가 의자까지 끌고 나와 그 위에 앉아 뚫어져라 우리를 쳐다본다. 정말 울고 싶다. 몇 바퀴 돌 때까지 꼼짝도 않고 구경하더니 이윽고 멈추라는 듯 절도 있게 손을 들고서 성큼성큼 걸어온다.

"저 할아버지 왜 그래, 내가 뭘 잘못했다고, 엉?"

"이 운전면허 가짜 아니지?"

알자스에 있는 집이라면 꽃과 정원을 빼놓을 수 없다

도미와 나는 둘 다 바짝 긴장하며 반갑지 않은 할아버지를 맞이한다.

"자동차 왼쪽 바퀴가 나갔어."

포도밭 길 위를 굴러다니다 날카로운 돌멩이에 찔렸나 보다. 나는 화가 나서 펄펄 뛰는 도미의 팔을 붙잡고 마을 쪽으로 끌고 간다. 일단 동네 산책을 하면서 마음을 가라앉히고 해결 방법을 고안하는 것이 좋겠다. 마을에서는 그 동네 소방관이 주최하는 플랑베르 파이 축제가 열리고 있었다. 꿩 대신 닭이라더니 잘 되었다. 우리는 먼저 시원한 피노 그리 백포도주부터 한 잔 마시며 마음을 달랜다.

"어, 진짜 장작불에 구운 플랑베르 파이다."

플랑베르 파이는 얼핏 보면 피자처럼 생겼지만 맛은 완전히 다르

양파와 훈제 삼겹살을 넣어 얇게 구운
플랑베르 파이

다. 훨씬 가볍고 담백하다. 플랑베르를 만들 때 가장 중요한 것은 반죽을 종이처럼 얇게 빚어야 한다는 것이다. 그 얇은 반죽 위에 바르는 생치즈도 아주 얇게 발라야 하고 치즈 위에 얹는 저민 양파와 훈제 삼겹살도 서리처럼 얇게 얹어야 한다. 그런 뒤 활활 타는 장작불 속에 넣어 10초를 넘기지 않고 재빨리 구워 내야 한다. 어쩔 수 없이 오븐에 넣어야 한다면 오븐이 낼 수 있는 최고 온도여야 한다. 장작불에 구워 파는 플랑베르는 만나기 쉽지 않기 때문에 보는 즉시 먹어야 한다. 겨울에 이곳에 오면 슈크루트를 먹어야 하지만 여름에는 꼭 플랑베르 파이를 먹어야 한다.

"하지만 오늘 저녁 안에 먹을 수는 있을까?"

장작불 플랑베르를 먹겠다고 이 동네와 근방의 사람들이 다 모인 것 같다.

"어이, 도미!"

100미터 줄 맨 끝에 서서 기웃거리는데 누군가 도미를 부른다.

"어, 제라!"

제라는 도미의 사촌이다. 한 살 차이인 두 사람은 청소년 시절 포도주 축제마다 참게 쫓아다니며 여자애를 꼬셔 볼까 애써 봤지만 늘 실패만 한 경험을 함께 공유한 친구이기도 하다. 제라는 이 동네 소방대원의 일원으로 참여해 일하고 있는 중이었다. 알자스에서는 동네 자원 소방관이 되면 4년 일찍 퇴직을 해 빨리 연금을 받을 수 있는 혜택을 준다. 그래서 좀 한가한 직업을 가진 사람들은 곧잘 소방관이 되고 여름이면 이렇게 바자회를 열어 그 돈으로 함께 여행을 떠나거나 불우 이웃 돕기를 한다.

꼴마colmar 시청 정원사가 직업인 제라는 얼마 전 나무에서 떨어져 허리를 다쳤다. 그런데 겉보기에는 멀쩡해 보인다. 루시는 도로에 놓인 예쁜 꽃을 볼 때마다 '아이구, 저 꽃들 좀 봐. 전부 우리 제라가 했어' 하면서 자신의 조카가 알자스 골목골목을 아름답게 장식하는 것을 자랑스럽게 생각한다. 정말이지 이곳 거리는 꽃으로 긴 줄을 이어 놓은 것처럼 꽃 마차, 꽃 술통, 꽃 화분들이 줄줄이 이어지고 창문마다 빨갛고 노란 꽃들이 놓여 있다. 전봇대든 어디든 걸만한 곳엔 온통 화분들이 매달려 있다.

매년 여름이면 예쁜 정원 선발 대회까지 있어 주부들은 자신의 창틀과 정원을 가꾸느라 난리다. 프랑스에서 가장 꽃이 많은 지방이란다.

"저기 누나랑 조카들, 엄마 아버지 다 와 있어."

이렇게 해서 우리는 맨 앞줄에 서 있는 제라의 누나 덕택에 운 좋게 기다리지도 않고 플랑베르를 먹게 되었다. 외삼촌이 우리 모두에게 피노 그리를 한 잔씩 돌린다. 껍질은 장작불에 타서 바삭바삭거리는데 그 위에 얹어진 막 녹기 시작한 치즈 때문에 몰랑몰랑하면서 양파와 훈제 삼겹살이 쫄깃쫄깃하게 씹힌다. 한 조각 떼어 내어 종이 말듯이 도르르 말아서 먹으니 더 맛있다. 여기에 시원한 피노 그리를 한 모금 마시니 펑크 난 타이어 때문에 화났던 일이 순식간에 풀려 버린다.

이 맛있는 파이를 파리에서 먹을 수 없다는 것이 안타깝다. 슈크

꽃 장식을 많이 하기로 유명한 알자스에서는
'꽃의 마을'이란 표지판을 흔히 볼 수 있다

루트를 제외하고 파리에서 알자스 음식을 먹기란 참 힘들다. 산으로 둘러싸인 지역이 가진 보수성 때문일 것이다. 이 지방 사람들은 대부분 이곳에서 태어나 이곳 사람과 결혼해서 부모 형제가 사는 근처에서 살다가 죽는다. 인구 이동이 거의 없다. 실업 문제라든가 청소년과 노인 문제, 유아원 부족, 외국인 체류 등 대도시에서 흔하게 겪는 문제가 거의 일어나지 않는다. 조용하고 풍족한 지방이다. 이곳을 떠났던 사람들도 대부분 다시 돌아와 정착을 한다. 그만큼 사람 살기에 걱정이 없다. 그런 탓인지 이곳은 프랑스에서 정치적으로 가장 보수적인 지방이다.

"그래, 이거 정말 신기하지? 의사가 권유해서 샀단다. 내 이빨에 문제가 많다는 거야. 이대로 아무거나 씹었다가는 잇몸이 다 무너져 버릴 거라더군. 그래서 이 집게를 하나 구했지. 내 이빨 대신 다 씹어 주는 집게야. 고기건 야채건 집었다 하면 무조건 다 뭉개져 버려. 이것 봐. 얼마나 잘 뭉개지나. 너무 신통하지 않아?"

이윽고 외숙모가 대화를 시작한다. 외삼촌은 서른이 넘도록 연애도 해 보지 못한 노총각 시절에 외숙모를 만났다고 한다. 일찍 부모님을 잃은 포도밭 총각은 일과 집밖에 몰랐다. 그때 어떤 잡지에 실린 '배우자 구함'이라는 코너를 통해 그녀를 알게 되어 결혼했다. 사람들은 외삼촌이 결혼을 잘못했다고 40년이 지난 지금까지도 쑥덕거린다. 내가 봐도 잘한 것 같지는 않다. 그녀는 파이를 구울 줄도 모르고 잼을 만들 줄도 모른다. 치명적이다. 외숙모의 취미는 낱말 맞추기이고 버릇은 자신이 가진 모든 병 명세서들을 보석 자랑하듯이 늘어놓는 것이다.

"그런데 그 의사 말이 내 뇌에도 문제가 있어서 이 혓바닥이 자꾸 안으로 감겨 들어간다는군. 혓바닥이 이렇게 감겨 들어가면 목구멍이 막혀 숨을 못 쉬게 될지도 몰라. 그러니 참 위험한 병이지. 혓바닥이 안으로 감겨드는 것을 막기 위해 작은 막대기 두 개를 주더군. 그걸로 이 혓바닥을 고정시키는 거야. 그러면 침이 얼마나 흐르고 괴로운지."

맛있게 파이를 먹는 내 코앞에다 대고 자신의 잇몸 여기저기와 혓바닥을 보이기 시작한다. 그리고 주둥이가 넓적하게 생긴 쇠 집게로 파이를 쿡 집어 보인다. 파이 조각이 그대로 뭉개져 버린다. 치아

대용으로는 완벽한 제품이지만 입맛 떨어지는 물건이다. 아무리 맛있는 음식도 앞에 사람을 잘못 만나면 밥맛이 반쯤 떨어지게 되어 있다. 그런데 그 사람이 병에 대해서 이야기하면 밥맛은 거의 떨어지고 입에 관한 병을 이야기하면 술맛까지 다 떨어져 버린다.

"저기 좀 봐. 소나기가 한바탕 쏟아지겠군."

역시 외삼촌이 나를 구제해 준다.

"정말, 어떻게 아셨어요?"

나도 얼른 화제 바꾸기에 동참한다.

"말 울음소리가 안 들려?"

"말 울음소리요?"

"저기 산꼭대기 연못에서 나는 히이잉, 소리가 안 들려, 허, 그 이야기를 모르는구나. 어느 일요일 날 저 산에 사는 남자가 말이 끄는 수레를 타고 산으로 나무를 하러 간 거야. 그런데 갑자기 하늘이 지금 저기 보이는 것처럼 새카맣게 변하더니 비가 쏟아지기 시작했어. 그런데 갑자기 천둥 번개가 치면서 땅이 쩍 갈라지는 거야. 그 갈라진 땅속으로 그만 그 농부가 말과 함께 빠져 버렸어. 그러고도 비가 엄청나게 내려서 오늘의 연못이 되었지. 음……. 그런데 지금도 천둥 번개가 치는 날이면 그 연못에서 말 울음소리가 울려 퍼진단다. 안 들리는 모양이지? 그래서 저쪽 동네 농부들은 일요일엔 절대 일하러 나가지 않는다지. 허허."

이렇게 재미나게 이야기하는 남자가 왜 서른이 넘도록 연애를 못했는지 모르겠다.

"진짜 한바탕 쏟아지려나 봐요!"

먼 산에서 번개가 번쩍 떨어지는 것이 보인다. 진짜 말 울음소리가 들리는 것만 같다. 우리는 서둘러 자동차를 향해 뛰어가 펑크 난 차에 올라 조심조심 집으로 온다. 막 차에서 내리는데 콰쾅 하고 등 뒤에서 천둥 번개가 친다. 부리나케 부엌으로 뛰어 올라가니 레몽과 루시가 라디오를 들으며 저녁을 먹고 있다. 루시는 야채 수프를 데우고 레몽은 빵과 함께 소리 없이 훈제 소시지를 먹고 있다. 어디서 몰려왔는지 창밖이 새까맣게 먹구름으로 뒤덮여 있고 맞은편 언덕은 불이라도 붙은 것처럼 쉴 새 없이 번개가 번쩍거린다.

"나는 천둥 번개가 무섭다."

레몽은 천둥 번개가 식욕을 뺏은 듯 칼질을 멈춘다. 이곳은 여름이면 곧잘 느닷없이 먹구름이 몰려와 천둥 번개가 치는 일이 많다. 특히 한밤중에 콰쾅거리는 소리에 잠을 깨는 것은 예삿일이다. 지진이 난 것처럼 온 세상이 흔드는 요란한 천둥소리다.

어린 시절 산꼭대기에 살았던 레몽은 천둥 번개 치는 밤이면 어머니 손에 붙들려 잠옷 바람으로 집 밖으로 나와야 했다. 번개에 맞아 집이 홀랑 불타 버리는 일이 생길지도 모르기 때문이었다. 실제로 그는 한밤중에 이웃집이 벌겋게 타오르는 것을 보기도 했다. 지금도 번개가 치면 혹시 하늘에서 불이 떨어지지는 않을까 노심초사한다.

"피뢰침이 있으니까 끄떡없어요, 여보. 요구르트도 싫어요?"

루시가 냉장고에서 초콜릿 무스를 꺼내 모처럼 부드럽게 권했지만 고개를 흔든다. 레몽은 거실과 부엌, 방을 돌아다니며 집 안의 모든 창문과 덧문을 닫아 잠근다. 번개가 칠 때마다 덧문 틈새로 파고든 빛이 캄캄한 거실을 훤하게 밝힌다. 그는 평소 마시지 않는 보리수 잎 차를 끓여 방으로 간다. 오늘은 일찍 침대로 가고 싶은 모양이다. 나도 왠지 일찍 침대 속으로 기어들고 싶다. 나도 보리수 잎 차를 끓여 방으로 간다. 만화책『탱탱』을 읽다가 눈을 감는다. 머릿속에서 자꾸 천둥 번개로 갈라진 땅속에 빠져 버린 말과 농부, 활활 불타는 집이 떠오른다.

마당에서
뛰어노는 손자들

Automne

가을

보주 산맥에서 내려오는 깊은 안개 바다

황금빛으로 물든 포도밭 길 자전거로 달리기

사위의 50세 생일 파티를 위해

알자스와의 이별, 점점 빠지기 시작하다

보주 산맥에서 내려오는
깊은 안개 바다

가을 들판에서 딴 들장미 열매 잼

텃밭 일 뒤에 생각나는 야채 고기 국물

자동차에 싣고 가는 밤나무 숲 속의 버섯 냄새

가을 들판에서 딴
들장미 열매 잼

아침에 일어나니 텃밭에 서리가 하얗게 내려 있다. 파와 양배추, 무, 셀러리 뿌리, 콘 샐러드처럼 추위에 강한 채소만 몇 남아 있고 텃밭은 이제 텅 빈 채 노랗게 물들어 떨어진 체리 나뭇잎으로 수북이 덮여 있다. 앞집 지붕의 굴뚝에서는 연기가 모락모락 올라오고 먼 언덕은 안개에 싸여 아무것도 보이지 않는다. 집들 저 너머에 바다가 있는 것만 같은 아침이다. 저렇게 깊은 안개는 이제 가을이 깊어가고 곧이어 겨울이 오리라는 예고와 같다. 어젯밤 파리를 출발해서 밤새 달려 새벽에 도착했을 때 차가운 공기에 깜짝 놀랐다. 이곳의 추위는 어디보다 일찍 오지만 단풍은 훨씬 늦게 물든다.

"들장미 잼이랑 모과 잼이다. 그저께 만든 거란다."

레몽이 창고에서 잼과 빵을 가져와 아침 준비를 한다. 그는 보청

주렁주렁 매달린 들장미 열매

기를 끼고 있고 루시는 심각하게 아픈 것처럼 보인다. 가을 날씨와 함께 류머티즘이 심해져서 걸음을 잘 걷지 못할 정도다. 우리 앞이라 좀 망설이는 듯하더니 결국 그녀는 목 보호대를 감는다. 막 커피를 한 모금 마시는데 초인종이 울리면서 남자 간호사가 와서 루시의 어깨에 진통 완화 주사를 놔주고 간다. 우리는 루시의 건강이 걱정되어 갑자기 목소리를 낮추고 심각한 표정이 된다. 설상가상으로 레몽이 읽어주는 신문기사는 더욱 가관이다. 노부부가 병원에서 하루를 사이에 두고 따라 죽은 기사다.

"어쩌면 그렇게 기적 같은 일이 있을까. 우리도 꼭 그렇게만 되면 얼마나 좋을까."

간절한 소원인 듯 루시가 진지하게 말한다.

"아아, 그러지 마. 난 아직 좀 더 살아야겠으니까 말이야."

레몽은 아멜리 고모가 90을 넘겼으니 자기도 90까지는 살 수 있을 것이라고 장담한다. 그리고 지금 죽기에는 코앞에 할 일이 태산

231

이란다. 먼저 텃밭의 채소들을 얼기 전에 다 걷어 내야 한다. 사과도 따야하고 파리에서 온 아들의 자동차도 닦아야 한다. 이전 주말에는 초등학교 동창회에 가서 점심을 먹어야 하고 내년에는 자식들이 칠순 기념으로 선물한 독일과 스위스를 횡단하는 여행도 떠나야 한다. 무엇보다 결혼 50주년 행사는 치르고 죽어야 하지 않겠는가.

"언제 죽느냐가 문제가 아니고 몸을 못 움직일 정도로 아프면 어쩌냐는 거죠."

루시는 정말 걱정인가 보다. 그녀의 몸 상태를 보면 우리도 걱정이 안 될 수 없다.

"아, 걱정 마. 이 집을 늙고 병든 사람에게 꼭 맞도록 개조할 계획을 벌써 다 세워 놓았거든. 마당에서 현관으로 올라오는 계단은 엘리베이터 전기 의자를 설치할 거야. 그리고 집 안은 휠체어가 자유롭게 다닐 수 있도록 화장실과 욕실, 거실과 방들의 문턱을 없애고 문들도 넓힐 거야. 당신과 나, 휠체어 타고 다니며 축구를 해도 되도록 편하게 해줄 테니까."

루시가 진지하게 걱정하면 레몽은 언제나 큰소리치면 달랜다.

"말은 저래도 나 죽으면 금방 어디 가서 웬 여자 손잡고 집에 들여 놓겠지."

루시가 날카롭게 비아냥거린다. 앞집 자크 아저씨에 대한 비난이다. 연애하던 이웃 동네 할머니가 요새는 아예 자크 집에 와서 살고 있단다. 그 할머니가 오고부터 루시와 레몽은 자크 코빼기도 볼 수 없게 되었다. 두 사람은 사랑에 빠진 잉꼬처럼 어디를 가는지 몇 날 며칠씩 여행을 떠나고 날마다 외식이란다. 부인 살아생전에는 여행 한 번 외식 한 번 안 하던 자크였다고 한다. 레몽이 죽은 부인은 그런 종류의 낭비를 딱 질색하는 여자였다고 자크를 두둔하자 루시가 더욱 화를 낸다.

"올해는 들장미 잼을 만들지 않겠다더니 또 만들었네요."

도미가 자기 어머니를 부드럽게 달래듯 말한다.

"그러게 말이다. 그런데 숲에 가서 들장미 열매를 보면 우리 아들이 가장 좋아하는 잼인데,

겨울을 기다리고 있는
가을 포도밭

하는 생각이 들어서 또 따게 돼. 사실 그냥 내버려 두긴 너무 아깝기도 하고."

들장미 열매 잼은 고소하고 맛있긴 하지만 그 조그만 열매 안에 든 털과 씨앗을 다 긁어내야 하기 때문에 만들기가 보통 성가신 잼이 아니다. 매년 루시는 들장미 잼을 만들지 않겠다고 다짐하지만 들판에 나갔다가는 자기도 모르게 붉은 열매를 가득 따 오고 만다.

"그런데 아멜리 고모가 아프단다. 고모 방에 웬 할머니가 침입해 비스킷을 훔쳐 가려고 해서 육박전이 벌어졌단다. 그 바람에 아멜리 고모가 침대에서 떨어져서 얼굴이 시퍼렇게 멍들었어. 비스킷 통 모서리에 얼굴을 박은 거야. 원, 나도 곧 그런 정신 나간 늙은이들이 고개를 흔들며 앉아 있는 양로원에 가야 한다고 생각하니……."

"아, 이제 좀 제발 그만 하세요."

도미가 지긋지긋하다는 듯 한숨을 쉬자 레몽은 슬그머니 자리에서 일어난다.

"그럼 나는 밭에 나가서 얼기 전에 저 무나 뽑아야겠군."

텃밭 일 뒤에 생각나는
야채 고기 국물

　그는 부엌을 나가 텃밭을 향해 간다. 언젠가 내가 무청을 먹을 수 있다고 했기에 무 뽑는 일을 내가 올 때까지 미뤄 뒀다고 한다. 루시는 이제 죽음의 주제에서 벗어나 저 거칠고 시퍼런 무청으로 내가 무엇을 할지 몹시 궁금한 표정이다. 나는 얼른 커피를 마시고 레몽을 따라 나간다. 오랜만에 차가운 흙과 채소들의 감촉을 느껴 보고 싶다. 나는 레몽과 함께 텃밭의 무를 모두 뽑은 뒤 무청 다듬기를 시작한다. 레몽이 내가 앉아서 일할 앉은뱅이 의자와 장갑들을 가지고 온다. 그는 양배추와 셀러리를 모두 뽑아낸 뒤 사과를 따기 시작한다. 올해는 정말 사과가 많이 열렸다. 겨울 내내 구워 먹고 쩌 먹고 볶아 먹고 파이를 해 먹어도 다 먹지 못할 것 같다. 감자 못지 않게 사과로도 할 수 있는 요리가 너무나 많다. 『사과에 대한 모든 것』이라는 요리책도 있다.

"사과로 해 먹을 수 있는 디저트에 대한 모든 것, 이 요리책 하나 사야겠다."

그가 생각하는 건 오직 맛있는 디저트다. 그가 사과를 따는 동안 나는 밭에 앉아 무청을 다듬는다. 똑같은 씨앗인데도 땅에 따라 맛이 달라지나 보다. 이 무청은 너무 질겨서 먹을 수 있을지 의문이다. 무도 참 맛없게 생겼다. 비쩍 마른 데다 물기도 없다. 루시는 이것을 강판에 얇게 갈아 올리브 기름으로 샐러드를 만들어 먹는다. 역시 무나 배추는 동양 채소인가 보다. 무는 식초와 소금으로 새콤 매콤하게 무쳐야 제 맛이 난다. 언젠가 한번 이렇게 해 줬더니 루시는 그 맛에 홀딱 반해 버렸다. 김치도 좋아해서 내가 올 때쯤이면 늘 배추 한포기를 사놓고 기다린다.

파, 양배추 잎, 당근을 넣고 쇠고기와 함께 푹 삶은 요리, 포토푀

무청을 들고 차고로 가니 뒤쪽 창고에 놓인 사과 궤짝에서 아까 딴 사과 냄새가 진동한다. 거기다 텃밭에서 꺾은 민트와 팀, 로즈마린과 같은 여러 풀 줄기들이 거꾸로 매달려 마르고 있는 냄새까지 화하게 맴돌고 있다. 쾌적한 향기다. 나는 향기 나는 풀들 한쪽에 무청을 매단다. 차고에 들어설 때마다 마른 무청과 여러 풀 냄새, 사과 냄새들이 변해 가며 뒤섞이는 냄새를 맡게 될 것이다.

"보리수 잎 차를 만들어 마셔야겠어요."

차가운 밭에 앉아 무청을 다듬은 탓인지 으슬으슬한 추위를 느끼면 부엌으로 들어가니 루시가 벌써 점심 준비를 마쳤다. 아까 레몽이 밭에서 뽑은 파와 양배추 잎, 당근들을 통째로 넣고 쇠고기 덩어리와 푹 삶은 '포토푀pot au feu'다. 우리는 어서 빨리 따뜻한 고기 국물에 빵을 적셔 먹고 싶어 아페리티프도 없이 바로 식탁에 앉는다.

너무 일찍 와 버린 가을 추위에 모두를 바싹 얼어붙은 듯하다. 월계수 잎과 팀, 로즈마리, 셀러리 뿌리와 같은 여러 가지 향내 나는 풀들을 조금씩 넣어서 고기 국물에 은은한 향이 배어 있다. 그 물을 한 그릇 마시고 나니 금방 몸이 후끈해진다. 당근과 파를 이렇게 통째로 고기와 함께 푹 익혀서 먹으면 날것으로 먹을 때보다 훨씬 많이 먹게 된다. 고기와 국물을 야채와 함께 실컷 먹고 났더니 언덕을 덮었던 안개도 다 걷혀 햇빛이 나와 있다. 우리는 갑자기 기분이 좋아진다. 루시도 아침보다 훨씬 더 좋아 보인다. 우리는 포토푀의 꽃이라고 할 수 있는 두 토막밖에 없는 골수가 든 뼈를 서로 먹으라

산속의 외딴 농가

고 양보를 한다. 결국 도미와 내가 흐물흐물해진 골수를 빼내 빵 위에 얹어 굵은 소금을 뿌려 먹는다.

"그래. 오후엔 뭘 할 거냐? 산책하려면 서둘러야겠다."

레몽이 지금이라도 곧 들어가 버릴 듯 살짝 나온 햇살을 가리킨다.

"올해 산에 버섯 좀 나와 있어요?"

"글쎄다. 밤은 많이 떨어져 있다."

레몽은 산속의 버섯에 대해서는 별 관심 없다. 잘못 먹고 죽으면 큰일이기 때문이다. 우리는 디저트로 나온 사과 콩포트를 먹으며 운이 좋으면 버섯을 만날지 모른다는 생각으로 설렌다. 사과 콩포트는 사과 껍질을 벗겨 냄비에다 넣고 푹 익힌 뒤 으깬 것이다. 여기에 계핏가루를 살짝 뿌려서 먹으면 산뜻한 기분이 든다. 겨울 동안 가

계피가루를 뿌린 사과
콩포트

장 자주 먹게 되는 디저트다. 커피를 마신 뒤 우리는 소쿠리를 들고 숲을 향해 간다. 밤을 주우러 가는 길이지만 마음속에는 버섯에 대한 기대가 가득하다. 이곳 숲은 그야말로 보배다. 봄이면 통통한 고사리가 지진이라도 일으킬 것처럼 무지하게 솟아오르고 여름이면 산딸기와 월귤나무 열매가 까맣게 열린다. 그리고 가을 숲은 얼마나 많은 밤이 떨어지는지 그야말로 밤으로 카펫을 깔아 놓은 것만 같다. 수북하게 밤이 떨어진 가을 숲에는 한 번 들어가면 그것을 줍느라 캄캄해질 때까지 나올 수가 없게 된다.

"옛날 프랑스 사람들은 도토리랑 밤을 정말 많이 먹었나 보지?"

프랑스는 숲 어디를 가도 밤나무와 도토리나무가 많다. 하늘을 찌를 듯 튼튼하게 자란 그 자태만 봐도 아름다운데 가을이면 열매를 주렁주렁 매달고 있으니 그보다 축복받은 나라도 없을 것이다. 파리 주변의 숲들도 온통 밤나무, 도토리나무들이다. 프랑스 사람들은 이 야생 열매로 무엇을 해 먹었을까 늘 궁금했다.

"사람이 아니고 돼지 먹이려고 도토리와 밤나무를 심었지. 이 숲에 돼지를 그냥 풀어 놓고 방목한 거야. 요즘의 양치기처럼 돼지치기도 있었어. 옛날엔 돼지를 몇 마리 먹여 살릴 수 있느냐에 따라 그 숲의 가치가 측정되었어. 몇 헥타르의 숲이 아니라 돼지 몇 마리 살 수 있는 숲, 이랬다지."

:

자동차에 싣고 가는
밤나무 숲속의 버섯 냄새

더 이상 돼지 방목도 돼지치기도 없는 세상에 밤나무의 가치는 소나무와 똑같아져 버렸다. 간혹 밤을 줍는 노인들도 있지만 수북이 떨어진 밤은 대부분 겨울 내내 썩어서 거름이 되어 버린다. 이렇게 매해 밤나무 숲은 더 기름져 가고 밤송이도 굵어져 간다. 요즘에는 아랍 사람들이 이 탐스러운 밤을 주워 파리의 길거리에서 구워 파는 것을 볼 수 있다. 재미있는 것은 군밤을 사 먹는 사람 또한 프랑스 사람보다 아랍인이 더 많다는 것이다. 프랑스 사람들은 크리스마스 철이면 밤을 복잡하고 섬세한 과정으로 설탕에 졸여서 먹는다. 주로 제과점에서 만든 것을 사 먹는데 무척 비싸다. 열 개가 든 한 통이 20유로 정도 하니 밤 한 톨에 3천 원씩이나 한다고 볼 수 있다. 그냥 찌거나 구워 먹으면 더 맛있는 것을 어렵게 조리해서 더 맛

가을 숲 속에 핀 파라솔 버섯,
소쿠리 가득 찬 신선한 가을 버섯들

없고 더 비싸게 먹다니 이해할 수 없는 미각이다.

음식 먹는 버릇도 습관과 같아서 한 번 길들어 버리면 죽을 때까지 바꾸기 힘들다. 도토리는 돼지가 먹는 것이라고 못 박아 버리면 죽을 때까지 그것을 인간의 음식으로 개발할 생각을 하지 못한다. 그래서 평생 도토리묵의 쌉쓰름한 맛을 모르고 죽는다. 밤을 설탕에 조려서 먹기 시작한 사람들은 절대 생밤을 까먹으려 하지 않는다. 생밤 먹는 사람도 설탕에 조린 밤 맛은 모르고 산다. 요리의 관습이란 무서운 것이다. 많은 상상력을 빼앗아 간다. 먹을 것이 귀하던 시절일수록 인간은 자연 속에 난 것들을 더 많이 더 맛있게 먹어 보려고 노력했다. 그래서 야생 음식에 대한 개발 능력이 뛰어났다. 요즘 사람들은 밭에서 나는 것 아니면 먹고 잘못될까 봐 겁부터 먹는다.

숲에 고립되었을 때 굶주림으로 죽지 않는 방법은 의외로 쉽다. 달팽이처럼 인간에게 해가 되지 않는 벌레들이 갉아 먹는 것들만 따라 먹으면 된다. 버섯을 딸 때도 마찬가지다. 무지하게 맛이 없거나 독이든 버섯은 어떤 벌레도 건드리지 않는다. 맛있는 송이버섯이나 그물버섯 종류들은 어떻게 알았는지 온갖 벌레들이 붙어서 파먹고 있다. 그래서 조금만 때를 놓치면 맛있는 버섯은 벌레들에게 다 뺏기고 만다. 밤도 마찬가지다.

"버섯 냄새가 나는 것 같지 않아?"

밤을 줍던 도미의 높은 코가 쩡끗쩡끗한다. 어제 밤새 비가 내렸는데도 바닥의 나뭇잎이 크게 축축하지 않아 왠지 버섯이 많이 피어 있을 것 같은 예감이 든다. 우리는 허리를 구부리고 다람쥐 사냥

유일한 검은 버섯. 죽음의 나팔.
절대 독버섯으로 착각할 일이 없다

이라도 하는 것처럼 나아간다. 드디어 첫 번째 버섯을 발견했다! 나뭇잎 속에 흰 꽃처럼 활짝 핀 송이버섯의 한 종류다. 소리를 내면 그 버섯이 달아나 버릴까 봐 우리는 한동안 숨을 죽인다. 그리고 조용한 손길로 꺾어서 소쿠리에 담는다. 버섯 사전에 의하면 가장 맛있는 버섯에게만 붙여지는 별 세 개가 붙은 버섯이다. 하얀 바탕색에 중앙에 갈색 점이 자잘하게 박힌 이 버섯은 발이 40센티나 자라고 모자도 35센티나 퍼져서 일명 파라솔이라는 이름이 붙어 있다. 한 개의 버섯을 따게 되면 예감이란 것이 따라온다. 운이 좋으면 그 주위에 버섯이 가득 피어 있을 수 있다. 살며시 앞을 향해 가던 우리는 놀라운 눈길을 주고받는다. 기울어진 언덕이 송이버섯으로 하얗게 덮여 있다! 이렇게 온 언덕이 버섯으로 덮여 있는 가을은 처음인 것 같다.

흥분으로 숨이 막힐 것만 같은 풍경이다. 마른 나뭇잎 향기가 강하게 나는 이 송이버섯은 어떻게 해 먹어도 맛있다. 그냥 불 위에 구운 뒤 버터를 살짝 녹여 먹어도 되고 말린 뒤 기름에 튀기면 그 향이 더 강하게 살아난다. 죽으로 끓여 먹기도 하지만 그러기에는 너무 아깝다. 우리는 소쿠리 속 밤을 쏟아 버린 뒤 흥분을 죽이며 버섯을 하나하나 따기 시작한다. 코에 대니 땅 냄새와 비에 젖어 눅눅한 나뭇잎 냄새가 난다.

"잠깐, 저기 좀 봐! 쉿!"

새로운 버섯을 발견한 도미가 흥분을 누르듯 내 팔을 꽉 잡는다. '죽음의 나팔'이라는 이름의 버섯이다! 검은색에 나팔처럼 생겨서 그런 이름이 붙은 이 버섯은 파라솔 버섯과 마찬가지로 맛있기로 유명하다. 유일하게 검은 버섯이므로 독버섯으로 착각할 일 없이 절대적으로 안심하고 딸 수 있다. 이렇게 버섯이 많은 해는 처음인 것 같다. 검은 나팔꽃처럼 바닥에 꼭 붙은 '죽음의 나팔'을 살살 걷어 올리니 강한 향기가 코를 찌른다. 오늘 밤 이것을 말리는 동안 온 집 안에 비에 젖은 나뭇잎 같은 산속 냄새가 진동할 것이다.

각자 한 소쿠리 가득 따서 언덕을 내려오니 머리카락과 온몸이 축축하게 젖어서 물이 뚝뚝 떨어진다. 돌아보니 숲은 벌써 캄캄한 밤이 시작되고 있다. 어둠이 오는 줄도 모르고 엎드려 버섯을 땄던 것이다. 자동차를 타고 내려오면서 우리는 땀과 나뭇잎에서 떨어진 물로 젖은 얼굴을 닦는다. 언덕 위의 신선한 공기를 모두 모아 압축해 놓은 것처럼 자동차 안이 어떻게 표현할 수 없는 야생의 냄새로 가득하다. 버섯이 도망이라도 갈까 봐 그 동안 한마디도 하지 않았던 우리는 비로소 누가 먼저랄 것 없이 이렇게 소리친다.

"내일 또 오자!"

산속에서 바라본 마을 풍경

황금빛으로 물든
포도밭 길 자전거 달리기

포도밭 처녀 루시의 인생

송어와 쌀로 만드는 샐러드 요리법

포도밭 처녀
루시의 인생

아침을 먹은 뒤 우리는 도미의 큰누이 죠제네 집으로 가서 자전거를 빌린다. 그 동네를 둘러싸고 있는 포도밭 길을 산책하기 위해서다. 포도 나뭇잎이 노랗게 단풍 들어 어느 때보다 아름다운 이때를 놓칠 수 없다. 오늘처럼 햇살이 좋을 때 포도밭 속을 달려가면 온통 황금빛 광채 속에 싸인 기분이 든다. 편편한 들판을 한 바퀴 돈 뒤 언덕 위로 올라가니 국경 너머 독일 땅 르와르 숲이 보인다. '검은 숲'이라는 뜻 그대로 숲도 시커멓고 그 위에 깔린 먹구름도 시커멓다. 얼마 후에 올 겨울이 저 숲 속에 숨어 있는 것만 같다.

추위가 너무 빨리 와 숲 속의 버섯들이 다 얼어 버리면 어쩌나 걱정하면서 우리는 다시 자전거 페달을 밟아 언덕을 넘는다. 그리고 이번 가을에 팔릴 예정인 루시의 포도밭 앞에 이르러 멈춰 선다. 속살이 붉디붉고 털이 많은 돌복숭아나무 한 그루가 있는 포도밭이다. 이 나무에서 열린 복숭아로 매년 복숭아 잼과 통조림을 만들었는데 그것도 올해가 마지막이 될 것 같다.

포도밭에는 겨울 포도주를 담기 위해 남겨 두었는지 아직도 포도가 많이 열려있다. 우리는 포도나무 앞에 서서 한 알씩 포도를 뽑아 먹으며 루시의 건강을 걱정한다.

"어디 따뜻한 나라에 가서 두어 달 정도 쉬다 오면 좋을 텐데."

"모로코 같은 나라에 가면 좋을 거야. 싸고 따뜻하고."

우리는 부질없는 대화를 한다. 그녀는 절대 집을 놔두고 두어 달 쉬지 못할 성격이다. 태어나면서 어머니를 여읜 루시는 할머니 손에 컸다. 할머니는 엄격한 가톨릭 방식으로 손녀를 키웠다. 열두 살이 될 때까지 검은 옷만 입게 했다고 한다. 여자가 낮에 침대에서 뒹군다거나 게으름을 피우는 것은 가장 큰 죄악이었다. 가끔 자신의 어린 시절을 떠올리면 루시는 안쓰러운 표정을 짓는다. 그녀는 소녀 때부터 두 오빠를 위해 집안일은 물론 포도밭일까지 하느라 잠잘 때를 제외하고 허리를 펴 본 적이 별로 없었다. 평생 아침에 침대를 정리하고 나면 잠자리에 들기 전에 이불 속으로 들어간 일이 없었다.

요즘도 하루 종일 뭔가를 한다. 장롱 문을 열어 보면 나 같은 사람은 기가 질린다. 속옷은 물론 행주와 양말까지 다림질해서 한 치의 흐트러짐 없이 정리되어 있다. 어떤 천이고 간에 구겨진 꼴은 못 본다. 팔목에 깁스를 하는 한이 있더라도 말끔하게 다려서 정리해 넣어야 안심이다.

겨울 포도주 방당쥬 타르디브를 위해 남겨 놓은 포도송이들.
겨울에 딴 포도로 만든 포도주는 더욱 달콤하고 향긋하다

"죠제에게 커피나 만들어 달래야겠다."

도미의 큰누나 집에 갈 때면 언제나 맛있는 커피에 대한 기대를
한다. 그 집에서 마시는 에스프레소는 웬만한 카페에서보다 더 맛
있다. 처음 프랑스에 왔을 때는 에스프레소가 뭔지도 몰랐다. 커피
라고 시켰더니 눈곱만한 잔에 한약처럼 쓰게 달인 물을 갖다 줘서
얼마나 화가 났는지 모른다. 그런데 어느새 그 고소한 맛에 중독이
되어 하루에 한번 불현듯 에스프레소가 먹고 싶어진다. 고소하다고
만은 할 수 없는 복잡하고 유혹적인 맛이다. 우리식의 부드러운 원
두커피를 마시려면 '커피'가 아니고 '아메리칸 커피' 혹은 '길게 뽑
은 커피'를 달라고 주문해야 한다. 프랑스 사람들은 아메리칸 커피

를 일명 '양말주스'라고 부른다. 양말을 빨아 행군 물처럼 멀겋기 때문이라나.

"페릭이 죽었어."

죠제가 갈색 거품이 풍성하게 이는 커피를 뽑아 오며 말한다.

"정말? 어쩌다?"

페릭은 이 집에서 10여 년 살아온 앵무새다. 오래 전부터 아마존에서 앵무새를 비롯한 희귀 동물을 데리고 오는 것이 금지되었는데 어떤 밀렵자의 손에 붙들려 유럽으로 오게 되었을까, 페릭을 보면 늘 그런 생각이 났다. 아무튼 이놈은 날아다니는 것을 별로 좋아하지 않는 새였다. 거실 안에서는 물론 문을 열어 놓아도 더 넓은 포도밭을 향해 날아가는 일은 한 번도 없었다. 언제나 죠제의 어깨에 앉아서만이 정원 외출을 했다.

말은 조금도 따라하지 못했고 가끔 죠제의 남편 로베르의 휘파람 소리를 흉내 내곤 했던 새였다.

"거북이가 노는 물에 빠져 죽었어."

날씨가 추워서 정원의 거북이 어항을 안으로 들여놓았더니 그 물에 빠져 죽었다고 한다. 그리고 보니 이 집엔 앵무새와 거북이, 송아지만한 개 사미아, 습기 찬 밤이면 나타나는 고슴도치와 처마 밑에 둥지를 튼 새들, 일몰과 함께 혹은 새벽 안개 속에서 가끔 출현하는 두더지와 여우까지 별의별 동물들이 다 모여든다.

"페릭이 죽고 나니 사미아가 너무 시무룩해졌어. 이틀째 밥도 안먹어."

죠제는 사미아의 입안으로 초콜릿 한 조각을 넣어 주려고 애를 쓴다.

"송어가 있는데 점심 먹고 가."

"웬 송어가 있어?"

"9월에 로베르가 잡은 걸 얼려 뒀어."

이곳에서는 1년 중 5월에서 9월까지 낚시 허가증을 가진 사람만이 계곡에서 송어 낚시를 할 수 있다. 물고기 씨가 마르는 것을 방지하기 위해서라고 한다.

지금은 송어밖에 없지만 예전에 알자스 계곡에는 많은 물고기가 살았다고 한다. 연어는 물론 가재와 잉어, 철갑상어까지 살았다는데 그 많은 고기들이 다 어디로 갔는지 모르겠다. 요즘 이곳 사람들은 생선을 전혀 모르는 것처럼 먹지 않지만 옛날 알자스 농부들은 육류보다 생선을 더 많이 먹던 시절도 있었다고 한다. 지금은 낚시가 레저지만 그때는 생존이었다. 너도나도 계곡에 나가 고기를 잡는 바람에 나중에는 한 집안에 한 사람이 사흘에 한 번씩만 낚시를 할 수 있다는 법을 만들 정도였다. 더구나 가톨릭 교리상으로 육류를 먹지 않아야 하는 날이 1년에 180일이나 되어서 생선은 더욱 인기가 높았다. 부자들은 주로 갓 잡은 싱싱한 생선을 먹었고 가난한 사람은 소금에 절인 것을 먹었다. 그 당시 최고의 요리는 잉어 혓바닥과 볼데기 요리인데 무지무지하게 비싼 가격이었다고 한다. 잉어 혓바닥 요리라니 중국인의 모기눈알 요리에 견줄 만한 미각이라는 감탄이 나온다.

"송어 밥 샐러드를 만들 거야."

죠제는 냉장고에서 송어를 꺼내 팬에다 얹는다.

"송어 밥 샐러드? 어떻게 할 건데?"

"흐흠, 잘 봐."

죠제는 눈을 찡끗한다. 직장 생활을 하기 때문에 평소 그녀는 이미 조리된 냉동식품을 많이 먹는 편이다. 주말이면 그것을 만회하려는 듯 종류가 다른 두 개의 파이를 굽고 기름진 음식을 만든다. 곧잘 유명한 요리사가 창조해 낸 요리를 그대로 따라 선보이기도 한다. 한번은 꽃배추를 통째로 오븐에 넣고 구워 자잘한 고기와 함께 낸 적이 있다.

눈으로 보기엔 멋진 요리였는데 문제는 꽃배추를 잘랐을 때 일어났다. 그 아름답게 익은 꽃배추 속에 얼마나 많은 배추벌레가 반쯤 죽은 채 숨어 있던지! 모두들 비명을 지르고 난리가 났었다. 결국 꽃배추는 반쯤 죽은 벌레들과 함께 쓰레기통으로 직행했다.

가볍게 먹을 수 있는 샐러드

　루시와 레몽의 집 : 가을

가을빛으로 물든 포도밭

송어와 쌀로 만드는
샐러드 요리법

죠제가 가장 잘 만드는 요리는 알자스 전통 음식들이다. 돼지고기 파이와 더불어 온갖 종류의 과일 파이는 집안에서 가장 잘 굽는다. 피자도 맛있게 굽고 플랑베르 파이도 장작불에 구운 것처럼 얄팍하게 만들어 낸다. 그러나 실험 요리를 할 때는 언제나 불안하다. 오늘도 마찬가지다. 그녀는 생선에 대해서 문외한이다. 루시 또한 마찬가지다. 루시는 주로 저녁에 수프를 먹은 뒤 소금과 올리브기름에 절인 청어나 멸치, 훈제 고등어나 송어 같은 것들을 빵과 함께 먹는다. 그리고 점심으로는 기름에 구운 연어에 생크림으로 소스를 만들어 밥과 함께 먹는다. 가끔 양식장에서 송어나 농어를 사 와 자주 생선을 먹으려 애쓰지만 요리 방법은 늘 똑같다.

"머리에서 꼬리까지 통째로 기름에 튀겨서 간장에 찍어 먹으면 맛있을 텐데."

구하기 어려운 자연산 송어를 저렇게 하다니, 내가 아쉬워하며 한 마디 한다.

"그럼 생선 가시랑 껍질은 어떻게 해?"

"젓가락으로 발라 먹으면 되잖아."

"젓가락으로? 아, 안 돼. 너무 어려울 거야."

죠제는 익힌 송어를 접시 위에 펼쳐 놓고 껍질을 벗긴 뒤 요리용 핀셋으로 세심하게 생선 가시를 뽑아낸다. 이들은 생선 요리에 가시와 껍질이 있어서는 절대 안 된다고 생각한다. 깨끗이 발라낸 송어

루시의 생선 요리.
연어에 생크림 소스를 곁들인다(상).
밥과 섞어 만든 송어 샐러드(하)

살을 옆에 두고 이제 밥을 한다. 생선은 물론이지만 밥에 대해서는 더더욱 문외한이다. 어떻게 밥을 하나 보니 먼저 커다란 솥에 물을 끓인다. 물이 끓자 거기에 쌀을 넣어 국수 삶듯이 휘휘 저어 가며 한 10분 삶는다. 그리고 소쿠리에 받쳐 물을 뺀다. 밥을 차게 만들기 위해 흐르는 물에 쓰윽 헹구기까지 한다. 헹군 밥에다 송어와 생크림, 상추, 잔 파, 소금, 후추를 넣고 섞기 시작하자 나는 슬슬 도망치고 싶어진다.

"자, 이렇게 해서 송어 밥 샐러드 완성."

죠제의 명령대로 우리는 탁자에 앉아 각자 접시에 샐러드를 담는다. 송어는 어디 있는지도 모르겠고 쌀은 덜 익어서 빠지직 소리를 내면서 씹힌다. 내 생애 가장 이상하게 요리된 밥을 먹으며 죠제에게 전기밥솥을 하나 선물해야지 하는 생각을 하게 한다. 부드럽게 뜸이 든 고슬고슬한 밥과 함께 바싹 튀긴 생선을 젓가락으로 발라 가며 먹는 맛을 모르다니 그녀가 실로 가엾다. 어째서 현대의 알자스인들은 잉어 혓바닥을 먹던 옛 조상들의 미각을 잃어버렸는지 참 불행한 일이다.

나무딸기 파이와
월귤나무 열매 파이

우리는 디저트를 생략하고 일어선다. 보주 산맥 속에 있는 '흰 호수'라는 이름의 호수 옆 카페 '천 미터'에 가서 파이와 함께 커피를 마시기로 했기 때문이다.

이제 곧 그 집이 문을 닫기 때문에 오늘 아니면 시간이 없다. 해발 1050미터 산속에 있는 '흰 호수'와 함께 보주 산맥 호수들 중에 가장 아름다운 곳이다. 기암절벽들에 빙 둘러싸인 이 호수의 물은 어찌나 검고 푸른지 무서울 정도이다. 여름이면 호수를 둘러싼 절벽 위의 편편한 오솔길을 산책하는 사람들로 넘쳐 나지만 가을이 시작되면서 인적이 뜸해진다. 호수 바람이 너무나 차기 때문이다.

그리고 겨울이면 눈 때문에 더 이상 오기가 힘들어진다. 그래서 카페는 찬바람이 불기 시작하면 슬슬 문 닫을 차비를 한다.

이 카페는 산속의 농장 식당들보다 가격이 조금 더 비싸지만 음식은 좀 더 호화롭다. 무엇보다 파이를 잘 굽는다. 그 중에서도 월귤나무 열매로 만든 파이가 최고다. 우리는 벽난로 장작불 앞에 앉아 커피와 함께 올해의 마지막 월귤나무 열매로 만든 파이를 먹는다. 카페는 내일이면 문을 닫아 내년 3월에 다시 열 것이다. 우리의 이야기 주제는 이 집 요리사는 겨울 동안 어디서 무엇을 할까 하는 것이다.

"여기에서 정 반대편에 있는 호숫가로 바캉스를 떠나겠지. 바캉스니까 요리 같은 건 안 할 거야. 거기 카페에 앉아 호수를 바라보며 다른 요리사가 만든 음식을 음미할지도 모르겠다. 아니, 진짜 궁금해지는군. 가서 한번 물어볼까?"

해발 1050 미터의 흰 호수
'Lac Blanc'

사위의 50세
생일 파티를 위해

곰 마을 곰 아줌마들의 호기심

주말 댄스 파티에서 사랑에 빠진 가족 내력

곰 마을 곰 아줌마들의
호기심

예사롭지 않은 바깥의 고요함에 반짝 눈이 뜨인다. 덧문을 여니 역시 눈이 내리고 있다. 앞집 전나무가 하얗게 눈을 뒤집어쓰고 있다. 벌써 첫눈이다. 마당으로 내려가니 얼마 전에 사냥 갔다가 멧돼지 뿔에 박혀 수술을 한 앞집 아저씨 쟈크가 다리를 절룩거리며 골목 길을 쓸고 있다. 사냥개는 좋아라 이쪽저쪽을 뛰어다닌다. 나를 발견한 아저씨는 손을 번쩍 들어 인사를 하고 자신의 허벅지를 두드리면 이제 다 나았다고 말한다.

"힘이 센 수놈이었어. 내가 총을 쐈기 때문에 죽게 된 것에 대한 마지막 복수를 이 허벅지에다 한 거야. 그 문제의 멧돼지 머리를 깨끗이 청소해서 뼈만 박제해 두었어. 구경갈래? 무지하게 큰 수놈이야. 가자."

이른 겨울이 찾아온 가을의 텃밭

자크의 취미는 자신이 잡은 산짐승들을 박제해 두는 것이다. 너무나 자랑스러워하기 때문에 나만 보면 박제된 짐승들을 보여 주고 싶어한다.

현관부터 시작해서 벽이란 벽은 모두 뿔 달린 짐승들 머리가 붙어 있다. 이웃 동네 할머니와 사랑에 빠져서 한동안 사냥이라곤 나가지 않더니 냉전 기간인가 보다. 여자 친구랑 돌아다니느라 거들떠보지도 않던, 잡초처럼 자라났던 정원의 잔디도 깨끗이 밀고 골목까지 나와서 청소를 하니 말이다.

"어, 저 지금 아침도 안 먹었어요. 노 댕큐."

"그럼 금방 구운 빵과 함께 뮌스터 치즈는 어때?"

자크가 짓궂게 껄껄 웃으며 농담을 한다. 알자스 특산물인 뮌스터 치즈는 프랑스 치즈 중 가장 구린내가 독한 것이다. 그냥 구린내가 아니라 똥 냄새와 오줌 지린 냄새가 코를 찌른다. 언젠가 자크가 나타났는데 똥냄새가 정말 지독하게 났다. 나는 계속 코를 킁킁거리다 참을 수 없어서 이렇게 물었다. '자크, 어디 가서 혹시 개똥이라도 밟고 온 거 아니에요?' 자크의 신발은 깨끗했다. 냄새는 얼굴 부근 어디였다. 이윽고 그가 한 말이 걸작이었다. '똥 밟고 온 거 아니고 나 금방 똥 먹고 왔어.' 그러니까 그 냄새의 정체는 뮌스터 치즈였다. 레몽은 어린 시절 저녁마다 우유와 함께 의무적으로 뮌스터 치즈를 먹었기 때문에 성인이 된 뒤부터는 입에도 대지 않는다. 많은 이들이 냄새 때문에 싫어하는 치즈다. 전방 100미터에서부터 냄새가 날아온다. 정말이지 화장실 냄새와 똑같다. 그러나 한번 이 맛에 길들여진 사람은 끊을 수 없다고 한다.

"어이, 오래간만이군."

레몽도 빗자루를 들고 나온다. 부엌 창으로 루시가 손을 흔드는 것이 보인다. 오늘 아침엔 모두 일찍 잠이 깼다. 어쩌면 오늘 밤에 있을 큰사위 로베르의 50세 생일 파티 때문인지도 모르겠다. 죠제는 남편을 위해 가까운 가족과 함께, 로베르의 소방대원 친구들과 함께, 벌써 두 번이나 파티를 했다. 이번에는 가까운 가족은 물론 친구와 사촌들까지 모두 초대해서 파티를 열기로 했다. 총 80여 명이 넘는 초대객을 대접하기 위해 그녀는 동사무소의 빈 사무실을 빌려 두었다. 그리고 음식은 뷔페로 차리기로 했다. 루시는 아침부터 딸이 부탁한 생일 케이크 구울 준비를 한다.

"손님이 80명이라니, 결혼식 때와 똑같군. 파티가 끝나면 파산하고 말 거야."

루시는 딸이 이런 식으로 파티를 열면서 낭비하는 것을 이해할 수 없다. 올 여름에 있었던 레몽의 70세 생일에도 그녀는 자신의 오빠 내외와 가족들만 초대해 쇠고기 바비큐와 함께 텃밭에서 난 감자와 여러 가지 제철 야채들을 곁들인 평범한 식탁으로 간소하게 치렀다. 그녀는 검소한 실용주의자다. 죠제는 그 반대다. 그녀는 오늘 파티를 위해서 사흘 휴가를 내 날마다 새로운 요리를 해서 냉장고 속에 보관해 왔다. 그리고 나에게도 김밥을 한 접시 만들어 달라는 도움을 요청했다. 그래서 아침을 먹고 죠제의 집으로 가니 온 동네 죠제의 친구 아줌마들이 나를 기다리고 있다.

죠제가 사는 마을
안 풍경

"수시 만드는 걸 배우려고 기다리고 있단다."

죠제가 호기심으로 눈이 반짝이는 친구들을 소개한다.

"수시가 아니라 김밥인데요."

여자들은 '킨파 킨파!' 낯선 단어를 따라 하면서 호호 웃어 댄다. 이 알자스 여인네들은 초면에는 퍽이나 수줍은데 일단 안면을 트고 나면 무척 활달하고 속 깊은 따뜻함이 있다. 알자스인들의 특징이다. 모두들 알자스에서 태어나 알자스에서 태어난 남자들과 결혼해 평생 포도밭에서 포도를 딴 아줌마들이다. 포도밭에서 살지만 거기서 나온 포도주를 마시는 일은 없다. 술은 입에도 안 대는 여자들이다. 평생 비행기라고는 타 보지 못한 여자들이 대부분이다. 그래서 호기심이 장난이 아니다. 까만 종이처럼 보이는 김과 밥, 김밥 말이, 내가 하는 손짓 하나하나, 모든 것이 신기하기만 한 모양이다. 나는 깊은 산속에서 꿀만 먹고 사는 곰 마을 곰 아줌마들 속에 떨어져 구경 당하고 있는 기분이다.

김밥 말이 시범이 끝나자 여자들은 날을 잡아 다른 한국 요리도 선보여 달라고 난리다. 그리고 죠제를 도와 파티 음식을 장만하기 시작한다. 로베르의 50세 생일 파티 메뉴는 '세계의 음식으로 뷔페 식탁 차리기'가 선택되었다. 포도잎 삭힌 것으로 양념한 밥을 마는 터키식 주먹밥, 동전만 한 이탈리아식 피자, 짠 멸치와 올리브를 갈아 빵 위에 올린 프로방스식 파이, 오이 위에 얹은 러시아식 생선 알 소스, 스페인식 오징어 튀김, 일본식 야채 튀김, 중국식 돼지 캐러멜 볶음, 거기에 한국식 김밥이 추가되었다.

죠제의 동네 친구들은 생전 가 본 적 없는 나라의 음식들을 만들며 맛을 보고 연신 깔깔 웃어 댄다. 이 음식 만들기가 그녀들에겐 너무나 재미있는 소꿉장난처럼 보인다.

옛날부터 알자스 사람들은 잔치 때면 상다리가 부러지도록 차려 온 동네 사람들이 몇 날 며칠 죽도록 먹고 마시는 습관이 있었다고 한다. 가산을 탕진할 정도였기 때문에 잔치집 탁자 위에 놓을 수 있는 포크의 숫자를 법적으로 제한한 적이 있을 정도였다. 특히 부자들은 놀라 자빠지도록 화려한 상을 차려 온 동네가 그 음식과 더불어 자신을 찬미하도록 했다고 한다. 리보빌레에 사는 한 귀족은 결혼식 피로연을 위해 암소 아홉 마리, 송아지 열여덟 마리, 양 여든 마리, 사슴 100마리, 칠면조 200마리, 돼지 100마리, 훈제 삼겹살 500킬로그램, 계란 3천개, 소시지 5천 개를 기름 속에 넣어서 사흘 내내 고아 포도주 3천 리터와 함께 식탁을 차려 수세기가 지난 지금까지도 알자스에서 그 명성이 자자하다. 그런 분위기 때문에 리보빌레에 가면 지금도 맛있는 식당이 많고 양도 엄청나다. 죠제 또한 파티 음식은 그 정도는 되어야 한다는 주의다.

"스톱, 스톱, 스톱!"

한 봉지 가득 바게트를 사서 들어온 로베르가 여자들을 모두 정원으로 쫓아낸다. 이제 그만 맥주 한 잔씩 마신 뒤 모두들 집으로 돌아가 점심을 먹으라는 명령이다. 정원 탁자 위에는 벌써 알자스 흰 맥주와 함께 브레첼이 준비되어 있다. 손가락 굵기의 기다란 밀가루 반죽을 하트 모양으로 꼬아서 굵은소금을 뿌려 구운 이것은 내가 가장 좋아하는 알자스 과자다. 통통한 부분은 빵처럼 부드럽고, 가늘게 꼬여 겹쳐진 부분은 과자처럼 바싹바싹하면서 굵은소금이 뿌려져 짭짤한 맛이 나 맥주와 마시기에 가장 이상적인 안주다. 여자들은 맥주가 식어 가는데도 나올 생각을 않는다. 아직도 갈고 으깨고 넣고 해야 될 것이 태산이다. 믹서 소리와 함께 연방 전화벨이 끊이지 않고 울린다.

"독일에서 사촌들이 오고 있는 중인데 눈이 너무 많이 와서 좀 늦을 거라고 하네."

로베르는 프랑스 엄마와 독일 아버지 사이에서 태어났다. 그래서

맥주와 마시기에
가장 이상적인 안주, 브레첼

273

사촌들의 반은 독일 사람들이다. 이곳에서 독일은 이웃 나라라기보다 거의 이웃 동네나 마찬가지다. 죠제가 로베르를 만났을 때 그녀 나이 열여섯이었다. 주말 댄스 파티에서 만났다. 지금은 많이 사라졌지만 그때는 주말마다 온 동네에서 댄스 파티가 열렸다고 한다. 젊은 남녀를 위한 만남의 장소였다. 루시와 레몽이 그랬던 것처럼 로베르와 죠제도 주말 댄스 파티에서 사랑에 빠졌다. 그리고 죠제의 나이 스물셋, 학교를 마치는 즉시 결혼했고 다음 해에 첫딸을 낳았다.

"어, 머리에 똥 맞을라."

머리를 스칠 듯이 학 두 마리가 날아가자 모두들 머리를 움츠린다. 이 마을 성문 꼭대기에 집을 짓고 사는 학 두 마리이다. 하루 종일도 그 꼭대기에 그대로 있는지라 처음에 나는 그들이 성문 꼭대기 장식품인 줄 알았다. 알고 보니 알자스는 어디를 가도 비둘기처럼 흔하게 학을 볼 수 있는 고장이었다. 예부터 학 도래지로 유명했

알자스 어디서나 쉽게 볼 수 있는
지붕 위의 학들

알자스의 빵집 간판.
구겔호프 빵을 물고 오는
학이 보인다

다고 한다. 우리나라 학에 비해 훨씬 덩치가 크고 다리가 빨간 알자스 학은 아이를 물어다 주는 새로 알려져 있다. 그래서 아이를 기원하는 알자스 여인들은 학 인형을 품으며 귀히 여겼다고 한다. 요즘엔 어디를 가도 가게마다 주둥이와 다리가 빨간 알자스 인형을 팔고 있다.

한때 학이 사라져 버려 학 도래지의 명성을 되찾기 위해 겨울 동안 새장 속에 학을 가두어 다른 곳으로 가지 못하게 만들었다고 한다. 한 번 떠나지 못한 철새는 다음 해에도 떠나지 않는다. 그러나 새끼들은 부모들이 떠나지 않아도 따뜻한 나라를 향해 떠나갔다. 찬바람이 불기 시작하면 새끼들이 아프리카를 향해 떠나갔지만 부모 새들은 모두 알자스를 지켰다. 그리고 봄이면 날아갔던 새끼들이 다시 돌아왔다. 죠제네 마을 성문 꼭대기에 있는 두 학은 긴 세월 봄이나 겨울이나 늘 그 자리에 앉아 있다. 이 동네 여인네들처럼.

주말 댄스 파티에서
사랑에 빠진 가족 내력

"왜 빵을 그렇게 많이 구워? 제발 그만해, 루시!"

맥주 한 잔과 브레첼을 먹은 뒤 시부모의 집으로 돌아오니 이곳 부엌 또한 난리 법석이다. 루시는 로베르를 위한 생일 케이크 두 개뿐만 아니라 위층에서 하룻밤 묵을 로베르의 독일 손님들을 위한 아침 식사 구겔호프와 롤식으로 붙은 중국 빵까지 굽고 있다. 레몽은 루시를 따라다니며 물건들을 치우고 흩어진 밀가루를 청소하고 잔소리까지 하느라 덩달아 바쁘다.

"아니, 왜 그건 또 손으로 하는 거야. 기계는 어따 쓰려고 샀어?"

"아, 또 지겨운 잔소리."

"그러다 분명 여기저기 아프다고 할 거 아니야."

"그런데 큰 반죽 그릇은 또 어디 갔어? 금방 여기 뒀는데. 레몽!"

루시가 구운 케이크들

"가만있어 보라구. 다시 가져오면 되잖아."

"저 양반이 정말로!"

"아니, 왜 그렇게 흥분하고 그래. 그러면 몸이 더 아프게 되잖아."

"바빠 죽겠는데, 날 미치게 하는구라!"

"왜 그렇게 말을 크게 해, 보청기가 터질 것 같아. 아이구, 귀야."

"당신은 왜 그렇게 손을 저어 대며 말하는 거야? 이탈리아 사람
이야?"

"좀 살살 이야기하라니까. 귀 터지겠어."

"아아, 레몽. 제발 저쪽으로 가서 세금 종이 정리든 뭐든 할 일 없어? 아니, 내가 아까 장 보라고 적어 둔 것 있죠? 그거 들고 슈퍼에 나 좀 갔다 와요."

"흠, 2킬로그램 순대? 이게 뭐야. '순대 2킬로그램'이라고 적어야지. 무슨 생각으로 글을 이렇게 적었지? 참 어이가 없네……."

"레몽!"

"앗, 잘못했습니다. 대장님!"

그 바쁜 중에도 두 사람은 언제나처럼 비슷한 레퍼토리로 토닥거리기를 멈추지 않는다. 우리는 루시가 적어 놓은 쪽지를 들고 슈퍼에 가서 장을 봐 온다. 그리고 오븐 열기가 뜨끈뜨끈하고 온갖 반죽들이 넘쳐나는 북새통 속에 앉아 기름에 지진 순대와 함께 감자를 삶아 으깬 퓌레를 만들어 먹는다. 이 순대는 무지하게 굵은데 세로

매콤한 알자스 순대와
감자 퓌레

로 쭉 갈라서 그 안에 든 것을 파먹어야 한다. 돼지 피와 함께 감자를 썰어 넣어 찐 매콤한 맛의 순대다. 이런 것을 먹을 때는 알자스 백포도주보다 보르도를 마셔야 한다. 우리는 순대와 보르도를 깨끗이 비운 뒤 중국 빵을 하나씩 들고 부리나케 산을 향해 달려간다.

버섯 노다지를 한 번 발견한 사람은 늘 그 꿈같은 장면 속에서 살게 된다. 주변의 산들이 온통 버섯 밭으로 여겨진다. 차를 타고 가다가도 멈춰 서서 산속으로 뛰어들어 어디 버섯이 없나 싶어서 나무 밑을 살피게 된다. 우리는 커다란 바구니를 들고 밤나무 아래를 수색하기 시작한다. 며칠 전과 같은 행운은 오지 않으려나. 여기저기 버섯은 많이 피었는데 먹을 것이 없다. 전부 독버섯 아니면 맛없는 버섯들뿐이다. 누군가 우리보다 앞서 깨끗이 따 가 버렸을까. 우리는 텅 빈 바구니로 산 하나를 넘어 버린다. 버섯 대신 밤이라도 줍자 싶어서 바닥에 깔린 밤 알맹이를 줍는데 갑자기 오한이 난다.

"그냥 집으로 가는 게 낫겠다."

빈 바구니로 어둑어둑해져서 집으로 오니 로베르의 독일인 사촌 가족이 와 있다. 부엌에서 루시와 이야기하는 소리가 크게 들려온다. 불어와는 완전히 다른 언어. 루시는 알자스어로 말하고 독일 사촌들은 독일 말을 한다. 그렇게도 대화가 되니 신기한 일이다. 알자스어를 하는 루시가 새롭게 보인다. 쉬익 크윽 거리는 쇳소리 발음이 많고 높낮이가 다이내믹해 독일어와 무척 닮았다. 알자스어를 하는 그녀의 얼굴은 날아갈 것처럼 즐거워 보인다. 알자스어는 루시의 모국어다. 어린 시절 그녀는 할머니와 함께 알자스어로만 이야기했다. 루시가 불어를 배우게 된 것은 초등학교를 가면서부터였다. 그때만 해도 집에서 알자스어만 쓰는 가족들이 많았다. 요즘엔 텔레비전 알자스 지방 뉴스에서나 들을 수 있는 정도이다. 점점 사라져 가고 있는 말이다.

"아이쿠, 난 아직 샤워도 못했는데!"

우리는 갑자기 시간을 보고 깜짝 놀랐다. 샤워를 못하기는 모두 마찬가지. 우리는 차례로 욕실로 달려가 몸을 씻고 머리를 말린 뒤 죠제가 사는 동사무소 파티 장으로 간다. 아페리티프 상 위에는 달팽이와 짭짤한 햄을 넣어 구운 구겔호프와 푸와그라가 든 과자, 짠 치즈 비스킷, 마른 소시지, 햄이 든 짭짤한 빵, 브레첼 같은 것들이 샴페인과 함께 산더미처럼 쌓여 있다. 죠제가 또 음식을 너무 많이 마련했구나, 싶었는데 한 시간쯤 지나자 그 많은 것들이 텅 비어 버렸다. 이들은 파티에서 아페리티프를 먹을 때 앉는 법이 없다. 몇 시간이고 서서 이리저리 돌아다니고 먹고 마시며 이야기하는 이들의 체력이 참 부럽다. 나는 그저 어딘가에 앉고 싶은 마음밖에 없다. 앉아서가 아니면 술맛도 밥맛도 안 난다.

그 많은 샴페인과 백포도주, 맥주를 모두 비운 사람들이 벌써부터 흥에 겨워 커다란 홀을 돌며 어깨춤을 흥청거리기 시작한다. 그러자 기다렸다는 듯 음악이 나오기 시작한다. 원래는 죠제가 마련한 세계의 음식으로 차린 뷔페를 먹어야 하는 순서인데 모두들 일단 한 바퀴 돌고 싶은 모양이다.

붐빠빠 붐빠빠, 레몽이 좋아하는 왈츠다. 죠제와 로베르가 손을 잡고 중앙으로 나가더니 빙글빙글 돌면서 춤을 추기 시작한다. 그러자 레몽은 보청기를 끄고 주머니에 넣은 뒤 루시의 손을 잡고 중앙으로 나간다. 루시는 언제 다리가 아팠냐는 듯 날아갈 듯 돌아간다.

모두들 딴사람처럼 보인다. 갑자기 눈물이 나려고 한다. 모두들 너무 아름답다. 청춘 시절 그들은 이런 나비 같은 춤을 추면서 사랑에 빠졌구나!

조제가 사는 마을 모습

알자스와의 이별,
점점 빠지기 시작하다

니콜라오 성인 축제 빵

밥 먹고 말 달리기보다 멋진 일은 없다

:

니콜라오
성인 축제 빵

이곳의 가을 아침은 꼭 바다에 온 것 같은 착각을 느끼게 한다. 누가 알자스에 바다가 없다고 했던가. 온 산과 언덕, 골짜기와 계곡이 안개로 뒤덮여 집에서 몇 발짝만 걸어 나가면 바다에 닿을 것만 같다. 해가 뜨기 전 산골 사람들을 위한 깜짝 선물처럼 아주 짧게 맛볼 수 있는 아름다운 풍경이다. 실제로 이곳 사람들은 가을 안개를 바다라고 부른다. 그 안개를 뚫고 와 누군가 초인종을 누른다. 레몽의 친구다.

"식기 전에 가져오려고 바다를 뚫고 왔지."

그는 모자를 귀까지 꽁꽁 눌러 썼다. 빵집을 하다 퇴직한 레몽의 친구는 니콜라오 성인 날 먹는 빵을 가지고 왔다. 지금 막 오븐에서 꺼냈다고 했다. 우유를 듬뿍 넣어 사람 모양으로 만들어 구운 이

니콜라오 성인 날 아침에 커피와 함께 먹는,
우유로 만든 니콜라오 성인 빵

빵은 원래 12월 6일 니콜라오 성인 날 아침에 먹는데 이 아저씨는 앞당겨 축제 기분을 내고 싶었나 보다. 밀크 커피와 함께 니콜라오 성인 빵을 먹자니 벌써 12월 축제의 달에 들어선 듯한 기분이 든다. 알자스는 로렌 지방과 근처 독일 지역과 함께 니콜라오 성인 날부터 온갖 종류의 과자를 구우면서 겨울 축제가 시작된다. 벌써부터 축제 빵과 과자를 구워 친구 집에 들고 오는 걸 보니 명절은 아이들보다 나이 든 사람이 더 기다리는 날이 아닌가 하는 생각이 든다.

산타 할아버지가 착한 아이에게는 상을 주고 나쁜 아이에게는 매를 주는 이로 알고 있지만 사실은 니콜라오 성인이 그 장본인이다. 알자스와 근방 독일은 니콜라오 성인을 산타 할아버지만큼이나 중요한 인물로 취급한다. 12월 6일이면 원뿔 모양의 끝이 뾰족한 붉은 모자를 쓴 니콜라오 성인 복장을 한 사람이 유치원과 초등학교를 돌며 주머니에서 선물을 꺼내 준다.

그 선물이란 언제나 알자스 전통 생강 꿀 과자와 오렌지다. 옛날

바다처럼 보이는 하늘

에는 귀한 것이었겠지만 요즘 세상에 꿀 과자랑 오렌지를 받고 좋아하는 아이는 없다. 그래서 아이들은 니콜라오 성인을 크게 기다리지 않는다. 실제로 니콜라오 성인은 선물 할아버지라기보다는 매를 주는 할아버지로 불려진다. 니콜라오 성인을 그린 초상화를 보면 한 손에 나뭇가지 회초리를 가득 들고 있는 모습을 쉽게 볼 수 있다. 아이들이 기다리는 것은 양말 주머니를 가득 채워 주기 위해 굴뚝을 타고 내려오는 산타 할아버지다.

"일찌감치 물건들 좀 챙겨야 되지 않겠니?"

아침 커피가 끝나기 바쁘게 레몽이 창고 앞으로 우리를 데리고 간다. 오후에 떠나야 하는 우리 물건을 챙기는 것을 도와주기 위해서라지만 그는 어제 벌써 모든 것을 준비해 두었다. 깨끗이 닦아서 윤을 낸 탁자는 다치지 않도록 두꺼운 헝겊에 싸여 있고 사과는 구워 먹을 수 있는 것과 생으로 먹을 수 있는 것을 구분해서 망사 주머니 가득 세 보따리나 담아 두었다. 거기다 리슬링과 피노 그리 백포도주 두 박스, 당근과 양파 한 주머니, 양배추와 파 한 주머니, 올해 만든 과일 잼 두 박스, 루시가 만든 구겔호프와 비스킷 두 박스 등등.

우리가 자동차에서 내려 집까지 들고 가기 쉽도록 박스마다 끈으로 손잡이를 만들어 탁자 위에 잘 쌓아 놓았다.

"잊어버린 것 없는지 창고 안에 한번 가 보자."

레몽은 우리를 창고 안으로 데리고 간다. 양쪽으로 둘러쳐진 선반들 위에는 온 동네가 눈으로 고립되어도 두어 달은 걱정 없이 살

정도의 식품이 저장되어 있다. 직접 진공 살균시켜 만든 여러 종류의 과일 통조림, 잼, 밀가루, 기름, 쌀, 야채, 쉬납스 바구니, 초콜릿, 빵 같은 식품들이 진열되어 있는데 꼭 시골 구멍가게 같다. 한쪽에는 고기와 얼린 과일과 야채들이 들어 있는 소 서너 마리는 들어감 직한 커다란 냉동실이 놓여 있다.

"정육점에도 들러야 하잖아."

매번 이곳에 올 때마다 우리는 마지막 날엔 정육점에 들러 훈제 고기와 소시지를 산다. 돼지고기를 부위별로 다양하게 양념을 해 생고기 채로 말리는 '말린 소시지'가 프랑스형 소시지인데 알자스는 감자나 야채와 같은 음식에 곁들여 먹을 수 있는 부드러운 독일식 소시지가 많다. 흰색에서부터 분홍색 붉은색 검은색에 이르기까

알자스에 가면 꼭 사는 훈제 생삼겹살.
오래 보관할 수 있는 저장 음식이다

지 색깔은 물론 모양과 크기도 다양하고 종류도 무척 많다. 그중에서 우리가 주로 사는 것은 평범한 맛이 나는 스트라스부르그 소시지와 가운데 치즈가 든 흰 소시지, 마늘 소시지, 파슬리 소시지 같은 양념한 것들이다. 잊지 않고 사야 될 것은 훈제한 넓적다리와 삼겹살이다. 삼겹살 훈제 고기를 1킬로그램 정도 사면 아주 요긴하게 쓰인다. 소시지들은 모두 냉동실에 보관해야 하지만 훈제 고기는 몇 달 동안 냉장고에 보관해도 변하지 않는다. 그래서 찌개나 야채 요리를 할 때마다 조금씩 잘라 넣으면 향긋하면서 담백한 맛이 난다. 아페리티프 술을 마실 때도 저미듯 얇게 썰어 먹으면 쫄깃쫄깃하면서 짭짤한 맛이 밥 먹기 전에 입맛을 당기게 한다.

"아니, 다른 거. 바짓자락이 왜 그렇게 달랑해. 꼭 가난뱅이 같잖아."

루시가 자주 가는 '필립 정육점'에 갔다 오니 두 사람은 옷 갈아입느라 바쁘다.

"벌써 다섯 번째 바지다!"

레몽은 투덜거리면서도 루시의 명령에 따라 조끼와 바지를 몇 번이고 갈아입는다. 오늘 오후 두 사람은 초등학교 동창들과의 점심 모임이 있다. 동창들에게 좀 더 젊고 건강하게 보이기 위해 장롱 안의 모든 옷들을 들추며 매년 새 옷을 사는데도 왜 매년 입을 옷이 없는지 모르겠다며 고개를 흔든다. 결국 맨 처음 입었던 옷을 다시 입는다. 두 사람이 자동차를 타고 떠나자 그 뒤로 우리의 자동차도 굴러 간다. 도미의 작은누나 실비의 집에서 점심을 먹기로 약속되었다.

밥 먹고 말 달리기보다
멋진 일은 없다

이 집에서 아페리티프 술은 언제나 티퐁슈다. 카리브해에 있는 프랑스령 섬 마르티니크를 여행했던 사람이라면 누구나 이 술에 빠지게 되어 있다. 그 섬에서 나는 사탕수수로 만든 럼주에 사탕수수 즙과 초록 레몬을 짓이겨 넣어 마시는 이 술은 기분 전환에는 그만이다. 회사 일로 녹초가 되었을 때 저녁밥 먹기 전 한 잔 마시면 스트레스가 싹 날아가 버린다. 독하면서도 달콤하고 새콤하게 식도를 따라가 온몸을 따뜻하게 데워 주는 술이다. 티퐁슈에 곁들여진 것은 소금에 절인 멸치와 대구 살 튀긴 것이다. 티퐁슈를 마실 때 가장 잘 어울리는 것이 비린내가 약간 나는 생선 종류다. 아페리티프에 대한 실비의 감각은 심플하면서 뛰어나다.

실비는 티퐁슈를 마시며 버섯과 함께 양파를 볶아 생크림 소스를 만든다.

한쪽 불 위에 올려진 커다란 솥에서는 알자스 면이 삶아지고 있
다. 오늘 점심은 알자스 면과 함께 생크림 버섯 소스를 끼얹은 송아
지 고기다. 알자스에 오면 가장 자주 먹게 되는 요리다. 송아지 고기
에 가장 잘 어울리는 소스는 생크림이며 여기에 곁들여 먹기에 가
장 좋은 면은 알자스 면이다. 알자스 면은 스파게티보다 훨씬 부드
러워서 생선 요리나 닭고기, 송아지와 같은 하얀색 종류의 고기와
먹으면 좋다. 옛날 육식을 할 수 없었던 금요일에는 생선과 함께 이
면을 만들어 먹었다고 한다. 루시는 요즘도 직접 만들어서 먹는다.

밀가루에 계란을 넣고 요구르트를 조금 넣어 반죽하는 것이 그녀
만의 비결이다. 요구르트 때문에 부드럽고 향긋한 맛이 난다. 수제
비 반죽보다 훨씬 묽게 해서 끓는 물 위에 구멍 난 소쿠리를 대고
거기에 부으면 콩알만 한 크기로 떨어져 익는다. 부드럽게 익은 것

티퐁슈에 잘 어울리는 멸치 절임, 대구 튀김

루시가 만든 알자스 수제비,
밀가루와 계란에 요구르트를 넣어 반죽한다

을 소쿠리에 부어 물을 뺀 뒤 따뜻한 상태로 먹는다. 남자들은 이
면에다 뮌스터 치즈를 녹여 먹는 것을 좋아한다. 뮌스터 치즈로 범
벅이 된 알자스 면은 꿀맛이라고 하는데 그 냄새를 생각하면 정말
못 먹을 것 같다. 홍어 삭힌 것과 거의 흡사한 냄새가 난다.

"점심 먹고 말 타러 갈 건데 같이 갈 건가?"

실비의 남편 필립이 묻는다. 이 집에는 식구 수대로 네 마리의 말
이 있는데 수요일과 주말에는 카우보이 옷을 입고 말을 타고 숲 속
을 산책한다. 그는 우리가 갈 때마다 말 타러 가자고 제안한다. 레몽
은 이들이 말을 네 마리나 가진 것을 늘 이해할 수 없어 한다. 말 한
마리는 웬만한 자동차 한 대 값이 나간다. 거기다 산 위 농장에서
머무는 말들을 위해 매달 하숙비까지 지불해야 한다. 마차를 끌기
위해서도 아닌 그저 등짝에 올라타고 거닐기 위해 그 많은 돈을 낭
비해야 하다니 둘째 사위의 취미를 정말 이해할 수 없어 한다. 거닐

다 떨어져서 목이 부러질지도 모르는 위험한 동물이다. 레몽도 옛날에 말 한 마리 가진 적이 있었지만 그놈은 그저 한평생 마차를 끌다 늙어서 말 정육점으로 넘어갔다. 필립은 말 타고 숲을 달리는 기분보다 멋진 일은 없다고 한다. 그 말들을 위해서라면 늘 전 재산이라도 팔 기세다.

"햇빛이 사라지기 전에 가 보자구!"

그는 햇빛이 사라져 버릴까 봐 디저트도 생략하고 지하 창고로 가서 모자와 장갑 같은 것들을 챙긴다. 무엇보다 나는 500킬로그램이 넘는 그 짐승이 이 납작한 동양 여자를 떨어뜨려 목이라도 밟아 버릴까 봐 겁이 난다. 내가 말을 타 본 경험은 제주도 용바위 앞에 있는 사진 찍기용 말이 전부다. 네 마리의 말들은 집에서 10분 떨어진 산속 농장 풀밭에서 놀고 있다 주인을 알아보고는 휘이잉 꼬리를 흔들며 달려온다. 정말이지 팔자 좋은 말들이라는 생각이 든다.

"이렇게 워어, 당기면 서게 되어 있어."

나는 시키는 대로 고삐를 맨 말 잔등에 올라앉는다. 갑자기 걸어가는 바위 위에 앉은 거인이 된 기분이다. 이 큰 짐승은 생각했던 것보다 얌전하고 유순하게 보주 산맥의 좁은 오솔길을 따라 걸어간다. 이곳엔 아직 눈이 녹지 않아 온 세상이 하얀 숲이다. 따각거리는 말발굽 소리가 한없이 멀리 달아나고 싶은 충동을 일으킨다. 이 세상에 밥 먹고 말 달리기보다 더 멋진 일은 없으리라는 생각마저 든다. 말이 똥을 싸더니 휘이잉 거리는 소리를 낸다. 그 소리에 갑자기 잠자고 있던 고구려 유목민 조상의 피가 솟아올랐을까, 나도 모르게 이럇, 소리와 함께 발꿈치고 말 엉덩이를 차 본다. 말은 기다렸다는 듯 속력을 내기 시작한다. 정신이 들었을 때 나는 눈 위에 엎어져 있고 말은 저 멀리 가고 있었다.

"괜찮아, 괜찮아. 아무 데도 다친 데가 없어."

필립이 나의 이곳저곳을 짚어 본 뒤 결론을 내린다. 그리고 내가 얼이 빠져서 풀 위에 앉아 있는 동안 다들 신나게 말 달리기를 한다. 나는 왠지 원망스러운 기분으로 내가 탔던 말을 본다. 온몸에 갈색 점이 찍힌 인디언 말이다.

말 달리기가 끝난 뒤 우리는 말들에게 고소해 보이는 마른 풀들을 주고 등을 빗질해 준다. 그리고 농장 여주인에게 보리수 잎 우린 물을 얻어 마신 뒤 집으로 돌아온다. 루시와 레몽도 이제 막 돌아와 있다. 그들은 12시부터 4시까지 얼마나 많이 먹었는지 오늘 저녁은 먹지 못할 것이라고 한다. 그리고 안 보는 동안 이미 저세상으로 가 버린 친구들과 이제 곧 죽을 만큼 골골거리는 친구들에 대해서 이야기를 한다. 레몽이 집착하는 우울한 주제다.

"이제 곧 노엘이 오고 그러면 봄이 멀지 않았고, 봄이 오면 밭을 일구고 감자를 심겠지. 그리고 가을이 되면 사과를 따고 무를 뽑겠지. 그러고 나면 또다시 노엘이 오는 거야. 올해와 똑같은 한 해가 내년에도 똑같이 그렇게 흘러가는 거지. 그러다 보면 이제 곧 모든 것이 끝나는 거야. 끝. 아, 죽은 조상들은 왜 한 번쯤 돌아와서 저세상은 어떻다는 말을 해 주지 않는 거지?"

레몽이 진지하게 푸념한다. 말 잔등에서 떨어진 사람은 나인데 무

산속 농장에서 노니는 말들

엿엔가 충격받은 사람은 루시와 레몽 같다. 그들은 풀이 죽고 뒤숭숭해 보인다.

"그런데 너희들은 알자스에 와서 살 생각이 없냐?"

레몽이 언제나 하고 싶어하는 말을 또다시 꺼낸다. 작년 생일 때 레몽은 이 집을 도미와 그의 두 누이 앞으로 3등분해서 명의를 넘겨주었다. 두 딸은 벌써 알자스에서 자리 잡고 살고 있으니 이 집에 살 일은 없을 것이다. 루시와 레몽은 우리가 다른 식구들처럼 그들 가까이에서 살기를 기대한다. 그리고 그들이 세상을 떠난 뒤에는 아들이 두 누이로부터 이 집을 사서 이곳에서 살기를 원한다. 한 번

농장을 산책하고 있는 소 한 마리

도 강요한 적은 없지만 언제나 그것을 느낄 수 있다. 결혼하면서 지어서 알뜰살뜰 정 들어온 집이 죽음과 함께 낯선 사람들에게 넘어갈 것이라는 것이 여간 섭섭하지 않은 모양이다. 나는 알자스를 점점 더 좋아하기 시작했지만 이곳에 뿌리박고 살아갈 자신은 서지 않는다. 생크림을 듬뿍 넣고 익힌 송아지 고기를 점심으로 먹은 뒤 햇빛 따스한 숲에서 말 달리기 하는 인생은 이상적인 삶이지만 그러기에 내 영혼은 너무 불안하다. 이런 안정적인 삶은 왠지 낯설고 편치가 않다. 그래서 아직은 루시와 레몽이 원하는 답을 해 줄 수가 없다.

"자, 다시 만나려면 또 노엘을 기다려야겠구나."

자동차 뒤 좌석을 눕혀 모든 물건을 싣고 나자 레몽이 말한다. 루시와 레몽은 우리 볼에 입을 맞추며 꼭 껴안는다. 그리고 자동차가 사라질 때까지 손을 흔들며 서 있는다. 그들이 보이지 않자 우리는 왠지 마음이 무거워져 아무 말도 하지 않는다. 달리는 동안 두 번 휴게소에 내려 커피를 마시고 화장실에 가다 보니 파리 도착이다. 외곽 도로의 광고판들, 자동차와 사람들, 나지막한 회색 아파트들과 높이 솟은 에펠탑, 세느강 위를 가로지르는 지하철, 갑자기 일렁거리는 불빛과 소음들 속에 들어선다. 그러자 알자스에서 느낄 수 없었던 쓸쓸함과 이방인만이 느낄 수 있는 안도감에 눈을 깜박인다. 다시 파리, 불안한 영혼들을 위한 서식처다.

루시와 레몽의 집 : 가을

산책하기 좋은 산속 농장,
가운데 농가가 보인다

　　『알자스』가 출간된 지 7년이 지났고
『루시와 레몽의 집』이란 이름으로 다시 재출간하게
되었다. 그 7년 동안 알자스는 여전히 겨울이면 눈
이 푹푹 내렸고 산 속의 사람들은 발이 묶였다. 눈
덮인 세상에 밤이 오면 주먹보다 큰 별이 나오고, 누
군가는 만날 수 없는 사람을 떠올리기도 했을 것이
다. 세월이 흘러도 어찌 그리도 변하지 않는지, 그곳
알자스.

그러나 아니다. 누군가에게 알자스는 송두리째 사라
졌다. 루시가 세상을 떠났기 때문이다. 그녀가 온 세
상의 전부이던 남자는 짝 잃은 기러기가 되었다. 그
는 야윈 턱을 괴고 창밖으로 정원과 텃밭과 앞산을
본다. 정원의 체리나무는 여전히 봄꽃을 피우고 앞
산에는 여우와 노루가 뛰어다닌다. 그러나 그녀는 없
다, 루시.

이 아픔을 어떻게 극복해야 될지 모르겠다. '나는 행복하지 않아. 나는 너무 고독해. 내 인생은 깨져버렸어. 나는 쓸모없는 인간이 되어버렸어.' 레몽은 자신의 슬픔과 고통을 숨기지 않는다. 식구들은 취미활동과 강아지 한 마리를 권하지만 그는 아무것도 하지 않는다. 그는 루시의 사진을 닦으며 혼자서, 오직 슬퍼만 한다.

그는 홀로, 산길을 걸어간다. 언덕 위의 소들이 딸랑거리며 들판의 꽃들을 먹고 있다. 꽃 먹은 소들의 우유로 만든 치즈에서는 꽃향기가 난다. 산책객들은 차가운 포도주에 꽃 냄새 나는 치즈를 먹으며 웃는다. 그는 포도밭으로 발길을 돌린다. 언덕과

언덕으로 굽이굽이 지칠 때까지 걷노라면 갈증으로 목이 갈라질 즈음 포도주 축제가 한창인 마을에 닿게 된다. 사람들은 마시고 또 마셔 뻗을 때까지

마신다. 결국 포도주에 취해 포도밭 한가운데 쓰러지고 만다. 알자스는 아무것도 변하지 않았다. 오직 하나, 루시가 보이지 않는다.

루시는 갔고 그녀는 레몽에게 부엌을 남겨주었다. 그는 요리를 하지 않았다. 평생 해본 적이 없으니까. 그는 전자레인지를 하나 샀다. 그리고 일주일에 세 번 요리를 주문했다. 그는 주문 요리를 먹으면서 불행해 했다. 루시의 디저트가 없는 점심은 그를 우울하게 했다. 정원의 살구가 떨어져 썩는 것을 더 이상 볼 수가 없었다.

어느 날 그는 루시의 요리책을 꺼냈다. 그리고 돋보기를 끼고 읽기 시작했다. 성공하리라는 기대 없이 적힌 대로 디저트부터 만들어 보았다. 살구 디저트, 그리고 사과 콩포트와 감자파이, 닭고기 백포도주 조림…… 처음엔 아니었지만 천천히 루시의 맛을 되찾기 시작했다. 알자스 또한 돌아돌아 그를 향해 오고 있는 중이다.

날씨가 좋아지면서 그는 텃밭을 다시 가꾸기 시작했다. 루시가 있을 때와 달라진 것이 있다면 이제는 더 이상 자신이 먹기 싫은 야채는 키우지 않는다는 것이다. 가지와 호박, 양배추 같은 것들이 사라졌다.

대신 그는 토마토와 양파, 딸기와 셀러리 같은 것들을 정성껏 돌본다. 집중해서 몇 시간씩 풀들을 뽑고 줄을 세우고…… 그는 지금 한국에 살고 있는 우리에게 자주 전화를 걸어온다. 체리나무 가지를 자르느라 너무 애를 썼더니 심장이 잘 뛰지 않는다고, 체크했더니 1분에 40번밖에 안 뛰어 심장전문의와 약속을 잡았다는 등의 이야기를 아들에게 세심하게 늘어놓는다. 이제 레몽은 거의 일상으로 돌아가는 것처럼 보인다. 가족들도 조금 안도하기 시작했다.

이번 여름 알자스에 갔을 때 좀 더 건강해진 레몽을 만나기를 기도한다. '정원에서 딴 이 햇복숭아 파이를 한번 먹어보지 않을래? 내가 구웠단다. 그리 어려운 것도 아니더구나.' 오븐에 불을 켜고 이렇게 말한다면 그는 완전히 건강해진 것이다.

루시와 레몽의 집

초판 1쇄 발행 | 2014년 7월 14일

지은이 | 신이현
발행인 | 김우진
발행처 | 이야기가있는집
등록 | 2014년 2월 13일 · 제 2014-000062호
주소 | 서울 마포구 월드컵북로 375, 2306 (DMC 이안오피스텔 1단지 2306호)
전화 | 02-6215-1245
팩스 | 02-6215-1246
전자우편 | editor@thestoryhouse.kr

ISBN 979-11-952471-2-7 (03810)

- 이 책은 2007년에 출간된 『알자스』의 개정판입니다.
- 이야기가있는집은 (주)더스토리하우스의 문학출판브랜드입니다.
- 이 책 내용의 전부 또는 일부를 재사용하려면 반드시 양측의 동의를 받아야 합니다.
- 책값은 뒤표지에 있습니다.